보바리

보바리
Emma Bovary

책임편집 알랭 뷔진느 | 김계영 · 고광식 옮김

이룸

피귀르 미틱 총서

오리엔탈리즘을 지적하며 우리는 동양과의 대척점에 서양을 놓기를 주저하지 않는다. 그러한 문제의식이 타당하지 않은 것은 아니다. 하지만 서양에 대하여 과연 우리는 얼마만큼 제대로 알고 있을까? 성경과 고대 신화 속의 인물들 그리고 고전이 된 서양 문학의 주인공들, 우리에게 이름은 친숙하나 실제 그 정체와 흔적은 제대로 드러나지 않는 인물들을 주의 깊게 들여다보는 '피귀르 미틱(신화적 인물들) 총서'는, 그러한 물음에 대한 아주 친절한 답이다.

사실 그 인물들은 서양인들에게조차도 의미의 맥락과 변주가 분명하지 않다. 때로는 눈부시게 강렬한 후광이, 때로는 지나친 상업적 대중화가 그 이해와 접근을 가로막은 것이다. 영화와 연극, 오페라와 문학 등 다양한 장르를 통해 시기와 장소를 달리하여 변해온 그것들이 서양인의 영혼 속에서 영원히 지워지지 않는 고향과도 같은 자리를 차지하고 있음에도 불구하고 말이다. 그리하여 문학, 역사, 인류학, 미학, 정신분석학 등의 다양한 시각을 동원하여 그 고향으로 가는 길을 찾아본 것이 바로 '피귀르 미틱 총서'이다.

그런데 가만히 생각해보면 그 인물들의 고향은 더 이상 서양에 한정되지 않는다. 서구화된 삶을 통해, 책이나 영화와 같은 다양한 문화 장치를 통해 우리 '안'에 이미 들어와 있기 때문이다. 그러니 서양을 넘어 우리에게로 이어지는 보편적 인간 영혼의 비밀을 확인하고 싶은 사람들에게 '피귀르 미틱 총서'는 유용한 길잡이가 될 것이다.

Emma Bovary

돈 주앙과 파우스트의 이웃지간으로 여겨지는 엠마는 욕망이라는 또 다른 신화의 일반성에 합류한다. 보바리즘은 책으로부터 출발한 모든 미래를 투영하는 개방된 인물에 근거해서 근대적인 소설 인물을 만들어낸다.

〈마담 보바리〉의 수많은 다시쓰기의 중요성에 대하여. 신화적 인물은 자기 자신에게 상당한 자유의 여지를 남겨두는 동시에 상상력에 엄격한 제약을 부가하는 능력에 도전한다. 이런 의미에서 소설 속 인물을 신화화한다는 것은 언제나 반의미이며, 모든 번역이 그러하듯이 변질이고 배신이다. 동시에 그것은 상징적인 재현동화réactualisation를 가능하게 해준다.

보들레르는 자신을 매혹시킨 엠마에 대해서 "천사" 혹은 "이상한 양성"이라고 표명했다. 확실한 것은, 엠마가 어머니가 아니었다는 것이다. 이런 생각과 함께 소설 속에서 속삭이고 있는 무의식의 소리를 들어보려는 환상을 가지고 이 소설을 다시 읽어보면, 플로베르의 천재성이 표현되는 성에 관한 시각의 근대성을 느끼게 된다.

미국에서의 마담 보바리 115

엘리사 마르데르

플로베르의 작품이 여전히 시사적인 것은, 여주인공인 엠마가 전형적인 현대병, 다시 말해서 시간을 경험으로 구현하지 못하는 무능함으로 인해 고통받기 때문이다. 엠마는 우리와 같은 시대에 살고 있어서 현대적인 것이 아니라, 시간 속에서 살아가는 것에 실패했기 때문에 우리와 같은 시대를 살아가는 여자다.

엠마의 쇼핑 143

조르주 페드라자

엠마 보바리가 현대적인 여주인공으로 구별되는 것은 본질적으로 쇼핑을 통해서다. 엠마에게 있어 쇼핑은 자신의 과거를 해체하는 동시에 자신의 현실을 비워내는 것이기도 하다. 쇼핑은 망각의 한 방법일 뿐만 아니라 자신의 인격을 근본적으로 다시 만들어내는 방법이기도 하다.

그녀의 "수많은 삶", 그녀의 "수많은 증오" 173

안토니아 포니

〈마담 보바리〉 혹은 용감한 에로스와 무적의 타나토스 사이의 불공평한 경쟁의 신화. 엠마는 대담하게도 자신의 사랑을 이질적인 사물들로 해체하는 것을 가리켜 부패라고 부른다. 그리고 플로베르는 대담하게도 죽음의 충동이 눈에 드러나는 소설을 쓴다. 그 후에 진행된 소송은 그들의 용기를 증명해주는 것이다.

역자의 말 204

참고 문헌 207

서문

알랭 뷔진느 ALAIN BUISINE

"또 마담 보바리야!" 몇몇 신경질적인 사람들은 틀림없이 이렇게 말할 것이다. 무엇 때문에 이미 엄청나게 방대하고 복잡해진 자료들의 부피를 늘리려고 고집을 피우는가? 이런저런 분야에서 조예가 깊은 분석가들의 많고 많은 분석들이, 그 정도까지 지나치게 관심을 기울일 가치가 없다고 여겨지는 이 사랑스럽고 착하고 가련한 시골 여인에게 바쳐졌다. 그녀의 침울한 존재론적 권태, 가소로울 정도의 의류 구입, 그 불행한 간통, 결국 흥미를 끌 만한 장점이라고는 하나도 없는데 말이다. 오늘날 우리는 그녀를, 우리 시대의 모든 상투적인 것들에 몰입하고, 소비자 운동에 대해 환상을 품고 있으며, 너무 많은 빚을 짊어진, 어쩌면 넓은 세상에 귀 기울이기 위해 인터넷에 가입한 소시민의 아내라고 쉽사리 상상해볼 수 있다.

하지만 결혼해서 얻은 남편의 성이 '보바리즘bovarysme'
(자기 자신이나 자신이 처한 현실을 다른 존재, 다른 현실로 착각하는 일종의 자기
환상, 상상 과잉의 증세. 플로베르의 소설 〈마담 보바리 *Madame Bovary*〉와 함께
프랑스어 사전에 보통명사로 수록되었음—역주)이라고 통칭되는 현실에
대한 절망적인 부적응 상태와 동의어가 될 정도로, 수많은 세대
를 거치며 이루어진 독자층들은 이 한심한 평범함 속에서 자신을
확인하고 투사해보기를 잊지 않았다. 엠마는 바보 같고 멍청하
다. 그녀는 끊임없이 착각하고, 판단력을 상실한다. 그럼에도 불
구하고 샤를르 보바리Charles Bovary의 잊지 못할 아내가 계속 우
리를 유혹하고 또 우리의 관심을 불러일으키는 것은, 그녀가 가
진 모든 결점과 실패에도 불구하고 그녀가 욕망의 여인이기 때문
이고, 자기 자신의 욕망을 전적으로 수용한 여인이기 때문이다.
그리고 우리들 각자를 위해 우리들 자신의 욕망에 관하여 좀 더
잘 알기 위해 다른 욕망을 분석해볼 필요가 있다.

귀여운 여인은 어떻게 하여 신화적이 되는가

이방 르클레르Yvan Leclerc

문학 신화 사전에서 E라는 알파벳 문자를 찾으면, 사람들은 보통 알파벳이나 그 속성상 "돈 주앙Don Juan"의 D, "파우스트Faust"의 F 사이에 "엠마Emma"라는 이름의 표제어가 당연히 들어 있을 것이라 생각하면서 그 이름을 찾아보려 할 것이다. 그러나 플로베르Flaubert가 자신의 〈서간집 *Correspondance*〉에서 줄곧 "나의 귀여운 여인"이라고 불렀던 그 이름은 욕망과 지식을 겸비한 위대한 신화적 인물의 대열에 들어 있지 않다. 레비스트로스가 말했던 것처럼 엠마에게서 소설 안으로 떨어진 기원 신화mythe d'origine의 '계열화sérialisée' 된, 무미건조한 해석을 보는 것으로 만족해야만 하는 것일까? 작가가 "거짓 서정과 거짓 감정의 여인"[1]이라고 정의했던 것처럼, 그녀의 문학적 아우라를 오늘날 우리가 흔히 부정적인 의미로 부르는 "신화"라는 용어로, 즉 존재하지 않는 것(용빌Yonville이 현실에서 존재하지 않았던 것처럼, 그리고 용빌-라베이Yonville-L'Abbaye라는 지명에서 그 대저택을 없애버림으로써 소설 안에 수도원이 더 이상 존재하지 않게 되어버린 것처럼)으로 옮겨야만 하는 것일까? 플로베르가 〈마담 보바리〉를 쓰던 시기에 썼던 편지에서 신화라는 단어를, 예전에는 이상화되었지만 그 이후로는 신화적 성격을 제거해야 할, 아니 차라리 미망에서 깨어나게 만들어야 할 현실의 의미로만 사용하고 있음을 주목할 필요가 있다. "창녀는 신화다", "나는 매춘에 대해서 한 가지 비난을 할 뿐이다. 그것은 매춘이 바로 신화라는 것이다"[2]라는 말처럼. 신화라는 표현은 책으로 출판된 소설 텍스트 안에는 들어 있지 않다. 누락된 것일지도 모르지만, 초고 단계에서는 엠마가 매주 목요일에 루앙Rouen에 가는 것이 그저 음악 수업을 받는 기쁨 때문이 아니라는 사실을 샤를르가 알게 되었을 때, "피아노 선생님이 하나의 신화-술책-거짓말-거짓말 취향이라는 것을 알게 되어서"[3]라는 표현으로, 똑같이 부정적인 의미로 최소한 한 번은 사용하고 있음을 알 수 있다. 아이러니의 작업에 침식당한 인물이, 후기 낭만주

1) 르루아예 드 샹트피Leroyer de Chantepie 양에게 보낸 편지, 1857년 3월 30일, 〈서간집 *Correspondance*〉, II권, 697쪽. 모든 서간문들은 장 브뤼노Jean Bruneau가 편찬한 서간집을 참조한다. 갈리마르Gallimard, 라 플레이야드La Pléiade, 총 3권, 1973, 1980, 1991.
2) 루이즈 콜레Louise Colet에게 보낸 편지들, 1852년 4월 24일과 1853년 6월 1일, 〈서간집〉, II권.
3) 장 포미에와 가브리엘 르르Jean Pommier et Gabrielle Leleu, 〈마담 보바리. 미간행 시나리오가 수록된 신판*Madame Bovary. Nouvelle version précédée des scénarios inédits*〉, 코르티Corti, 1949.

의적인 시적 정취의 제거라는 커다란 흐름 속에 완전히 빨려 들어간 것일까? 아니면 바르트Barthes가 말하는 의미에서 사회화된 신화학으로 그 인물을 대체하는 것일까? 이것은 또 한 번 영광의 타이틀을 표현하는 것이리라. 엠마는 우리의 소설 신화학의 일부이며, 어떤 의미에서 그녀는 소설적인 것romanesque의 기본 신화로서의 시발점 그 자체이기도 하다. 하지만 문학의 장場에서 너무나도 선망의 자리를 차지하는 이러한 차원이, 귀족 취향을 가진 부르주아화한 한 귀여운 시골 여인이 여러 세대를 망라하는 독자층에게 행사하는 집단적 매혹이라는 힘이나 광채를 설명하는 데 충분하지 않다는 사실을 우리는 직감적으로 알 수 있다. 그것을 설명하려면, 그녀를 능가하는 그 어떤 것으로부터 생겨나는 힘의 근원과, 가장 긍정적인 의미에서의 신화학에서 그녀의 위대한 선조들의 힘이 있어야만 한다.

여기서 제기되는 첫 번째 어려움은 대단히 이론적인 문제다. 문학 신화를 원시 신화, 즉 인류학적-종교적 신화와의 관계에서 어떤 위치에 놓을 것인가 하는 문제다. "문학 신화"라는 표현 자체는 용어상으로 모순이다.[4] 신화에 관한 유명한 몇 가지 정의들을 압축해보면, 구전되어오던 전통을 잇는 신성한 이야기, 진실

---

4) 필립 셀리에Philippe Sellier는 〈문학 신화란 무엇인가?Qu'est-ce qu'un mythe littéraire?〉라는 뛰어난 논문에서 "절충구systeme bâtard"에 대해 말하고 있다. 〈문학 Littérature〉, 55호, 1984년 10월.

된 것으로 간주되는 이야기, 기억할 수 없는 과거에 위치하는 이야기, 반역사적이면서 익명성을 갖는 이야기, 집단적 차원의 전달자를 가지며, 다양한 해석의 대상이 되는 이야기라는 공통 요소들이 도출된다. 이러한 각각의 구성 요소들은 정확하게 소설의 특징과 대립된다. 소설은 세속화된 이야기이고 허구적인 것으로 받아들여지며, 역사적, 지리적 배경을 갖고, 한 인물의 독특한 운명과 작가의 서명에 의해 아주 개별화되며, 한번 텍스트로 쓰이면 더 이상 고칠 수 없다는 특성을 갖는다. 게다가 17세기 돈 주앙 이후로는 (최소한 사전에 등록된 것으로는) 문학 신화라는 것이 더 이상 존재하지 않는 것으로 보이며, 소설은 픽션이라는 거짓에 너무 파묻혀 있는 동시에, 사실적으로 검증하려는 모든 시도를 벗어나, '진실한 것'으로 간주되는 원래의 이야기로 나아가고자 하는 동기와 '사실임직한 것'을 너무 걱정하는 것처럼 보인다.

이러한 상반된 정의들을 항목별로 잘 살펴보면, 이름의 시조가 되는 인물을 그려낸 작품 〈마담 보바리〉는 기원 신화와의 연결 고리를 끊음으로써 결정적으로 소설적인 것의 범주로 분류되기를 망설이고 있다는 것을 느낄 수 있다. 이러한 저항은 이전에 물려받은 소설적인 것에 대한 반작용으로 (예를 들면 발자크Balzac의 연재소설 등) 플로베르가 시도한 새로운 소설 형식에서 기인하는 것일까? 아니면 '타자의 이름'으로 멀어지면서, 신화로의 이행을 시사하는 환칭煥稱, antonomase(보통 명사나 전형적인 인물로 사람을 지칭하는 방법—역주)의 방법을 통해서 그녀와 비슷한 모든 여자들을 '보바리 같은 여자une Bovary'라고 부르게 되는 상태에 이르기 위해, 돈 주아니즘donjuanisme(성적 능력을 과시하기 위해 계속 새로운 성적 대상을 찾는 병적 증세를 말한다—역주)[5]이라고 부르는 것과 마찬가지로, 1892년 이후로 '보바리즘'이라는 특수한 신경증을 만들어내기 위해 고유명사의 한계를 넘어서버린다는 점에서 기인하는 것일까? 우리는 그 대답을 소설 안에서 찾아내고자 한다. 왜냐하면 그것은 구조의 문제이기도 하지만, 〈서간집〉이나 〈초안과 시나리오 *Plans et scénarios*〉[6]를 통해서 접근할 수 있는 작품의 기원 단계에서, 그리고 수용이라는 단계, 특히 보바리적인 모델(혹은 반대 모델)의 모범적 상태와 크게 다르지 않은 과정에서 특히 그러하다.

신화적 혈통

〈서간집〉을 읽어보면, 사람들이 충분히 강조하지 않은 한 가지 정황이 눈길을 끈다. 즉 이 소설이 위대한 시조 신화mythe fondateur들과 이웃한 관계 속에서 쓰여졌다는 것이다. 루이즈 콜레에게 보낸 편지를 보면, 그 당시 플로베르는 그리스어 공부를 다시 시작했고, 괴테Goethe의 〈파우스트〉를 다시 읽으면서 호메로스를

---

5) 플로베르는 소송이 진행될 때 "보바리적인bovaryste"이라는 형용사를 두 번에 걸쳐 사용한다. 〈서간집〉, II권.
6) 마담 보바리의 〈초안과 시나리오〉는 1995년에 르클레르Y. Leclerc가 국립과학연구소 CNRS/줄마Zulma에서 펴낸 판본을 참고로 한다.

영원한 문학적 기준으로 삼았다는 것을 알 수 있다: "이 얼마나 엄청난 걸작입니까! 이것이야말로 드높이 올라가는 것이고 침울한 것입니다. 종이 울리는 장면에서 영혼이 빠져나가는 것 같은 이 느낌이란!"[7] 그 책을 다시 읽은 지 몇 달 후, 엠마가 부르니지엥Bournisien 사제를 방문하는 장면을 플로베르가 쓸 때, 그 종은 조용히 반복하여 울리게 될 것이다. "어느 날 저녁, 그녀가 열어젖힌 창가에 앉아서 교회지기 레스티부두와가 회양목의 가지를 치는 것을 바라보고 있으려니까 갑자기 만종소리가 들렸다."[8] 하지만 유사성이 하나의 혈통이 될 정도로까지 혈연 관계가 가장 강하게 느껴지는 것은, 또 다른 위대한 선조를 통해서다. 플로베르는 콘스탄티노플에서 돌아오면서 자신이 다루어야 할 세 가지 가능한 주제를 상상했다. "첫째, '돈 주앙의 어떤 하룻밤.' 둘째, 아누비스Anubis(검은 늑대, 황금빛 이리, 혹은 자칼의 형상을 한 머리를 가진 이집트의 장례의 신. 죽은 자들의 심장〔아브〕을 저울에 단다. 미라의 발명가이기도 하다. 저승으로 죽은 자를 안내하는 헤르메스와 동일시된다—역주) 신으로부터 입맞춤을 받게 되는 여자의 이야기. 셋째, 처녀이면서 신비롭게 죽는 소녀가 등장하는 나의 플랑드르식 소설."[9] "채울 수 없는 사랑"이라는 똑같은 이야기의 세 가지 버전은 플로베르가 동양에서

---

7) 루이즈 콜레에게 보낸 편지, 1852년 10월 1~2일, 〈서간집〉, II권.
8) 〈마담 보바리〉 II부, 6장. 1971년 가르니에Garnier 출판사에서 펴낸 클로딘 고토-메르쉬 Claudine Gothot-Mersch의 책을 참고로 하였다. 플로베르가 이 장면을 작업할 때 루이즈 콜레에게 이렇게 썼다. "요즘 나는 가톨릭 교리에 따라 종소리에 열광하고 있습니다. 고해성사를 하고 싶은 생각이 듭니다." 1853년 4월 6일의 편지, 〈서간집〉, II권.

돌아오면서 착수한 소설과 관계가 있다. 나중에 플로베르는 플랑드르식 소설이 〈마담 보바리〉의 첫 번째 아이디어라고 공공연하게 소개하게 될 것이다. 그녀의 정부情夫들을 신으로 섬기는 엠마에게는 무언가 아누비스적인 것이 있기도 하지만, 특히 돈 주앙적인 것이 많다. 이것이 세 가지 시나리오 중에서 우리에게 전해져 오는 유일한 시나리오이며, 모파상이 1884년에 출판한, 사라져 버린 스승에게 바친 긴 연구안에 실려 있다.[10] 게다가 사람들은 다른 곳에서[11] "자네, 무엇을 쓰고 있나? 결정을 내렸나? 여전히 돈 주앙인가? 들라마르 부인Mme Delamare의 아름다운 이야기인가?" 하는 막심 뒤 캉Maxime Du Camp의 편지가 증명하듯이, 이러한 계획과 플로베르가 크루아세에서 쓰기 시작한 소설 사이의 관계를 보여주고자 시도했다.[12]

무한한 욕망, 주체와 대상을 분리하는 심연의 인식, 그리고 무엇보다도 "신비한 욕구"를 느끼는 돈 주앙과 "육신의 갈망"을 경험하는 안나 마리아Anna Maria 수녀의 상반된 평행선으로 이루어진 시나리오 안에 표현된 신비주의와 관능성의 혼합이 돈

<hr>

9) 루이즈 부이에Louise Bouihet에게 보낸 편지, 1850년 11월 4일, 〈서간집〉, I권.
10) 기 드 모파상Guy de Maupassant, 〈귀스타브 플로베르 *Gustave Flaubert*〉. 〈플로베르와 모파상의 서간문 모음 *Correspondance Flaubert-Maupassant*〉의 부록으로 1993년, 플라마리옹Flammarion 사에서 출판됨. 이 완성된 시나리오는 〈플로베르 작품집 *Œuvres complètes de Flaubert*〉의 수사본에 근거한 것이다. 신사클럽Club de l'Honnête Homme, 1974, XII권.
11) 〈마담 보바리와 악의 꽃, 교차해서 읽기Madame Bovary et Les Fleurs du Mal, lectures croisées〉, 〈낭만주의Romantisme〉, 62호, 1988.
12) 플로베르에게 보낸 편지, 1851년 7월 23일, 〈서간집〉, II권.

주앙으로부터 엠마에게로 이어지고 있다. 엠마는 이 두 인물의 결합을 실현시키는 것으로 보인다. 엠마는 마리아에게서 '수녀들이 행하는 관능적인 쾌락을 끌어오고, 또 로돌프Rodolphe와의 관계가 끝나버린 후 "뇌막염"을 앓으면서 그녀의 정부와 주 예수의 모습을 혼동할 때, 그녀는 "성 처녀를 갈망하는 것으로 끝나게 되는" 돈 주앙과 똑같은 신성모독을 저지른다. 나쁜 남자이면서 위대한 주 예수의 모습에서 귀여운 여인을 만들어내기 위해서는, "돈 주앙은 성교를 나눈 여자에게 권태로 대답한다"라는 시나리오의 주註를 읽는 것으로 충분하다. 이 문구는 객관적인 보어(돈 주앙은 심심해한다)의 의미와 주관적인 보어(노래에도 있듯이, 백 번 중에 아흔다섯 번은 여자가 심심해한다)의 의미, 두 가지 의미로 기능을 수행한다. 그러므로 엠마는 우리 문학에서 빼놓을 수 없는 중요한 신화적 인물의 여자 분신double feminin이다(죽음을 예고하고 결국 죽음을 야기하기 위해서 석상石像의 역할로 세 번 등장하는 장님과 함께).

자신의 신화적 아버지가 갖는 모든 남성적 표시, 특히 플로베르가 돈 주앙에게 부여한 우월주의를 가진 여자 분신인 것이다. 그녀는 남성들을 여성화시킨다. 결혼식을 치른 다음 날, 결혼식 전날의 처녀의 모습을 닮은 샤를르를 여성화시키고, 특히 엠마가 남성적으로 되어갈수록 레옹Léon을 여성화시키게 된다. 이러한 역전은 아주 일찌감치 〈초안과 시나리오〉에서 '그'와 '그녀'라는 대명사를 바꿔 쓰는 실수를 통해서 무의식적으로 드러나고, 두 번째 전체 시나리오부터는 "아메데Amédée(1870~1873년, 스페인의 왕—역주)와 함께 있을 때 그녀가 주인이다. 지배하는 사람은 바로 그녀이다"[13]라고 그 역할을 바꾸는 것으로 명백하게 드러난다. 아메데는 레옹이라는 이름으로 바뀌고, "그녀가 그의 정부라기보다 그가 그녀의 정부가 되었다"라는 유명한 구절로 표현된 것이다. 보들레르는 엠마의 남성다움을 강조하는 것을 잊지 않았다. 아마도 그는 오래전의 〈돈 주앙의 최후La Fin de Don Juan〉라는 제목의 연극을 기억했던 것 같다. 그 연극의 시나리오는 1852~1853년경에 쓰여진 것으로, 이 시나리오에서 돈 주앙은 아들을 엽색가에게 바치는데, "그 역할을 여자가 하는 것"이 중요하다고 말하고 있다. 엠마는 바로 그 역할을 하기 위해 속치마와 드레스를 차려입은, 돈 주앙의 아들인 것이다. 이러한 도치의 심리적 함축에 대해서는 여기에서 길게 말하지 않겠다. 그 인물의 신화적 혈통을 따져보는 것으로 충분할 것이다.

엠마가 아직까지 문학 신화 사전에 등장하지 않은 반면, 피에르 부뤼넬Pierre Brunel이 로셰Rocher 출판사에서 펴낸 사전에는 〈파우스트〉 바로 다음에 "남성적인 여인들"이라는 항목이 들어 있다. 여기에서는 호메로스의 "여자—남자"와 아마조네스Amazones(소아시아에 살았다는 전설적인 여자 무인족—역주)를 다루고 있는데, 신화적 요소들의 출현과 유연성, 확산에 근거하여 신화 비

13) 〈초안과 시나리오〉.

평의 기초를 마련한 피에르 브뤼넬[14]은 이 신화의 출현을, 엠마가 로돌프와 산책하는 날 엠마의 옷차림 속에서 찾아낼 것이다.

하지만 승마복이 없는데, 어떻게 말을 타라는 거예요?
한 벌 맞추면 되지! 샤를르가 대답했다.
승마복 덕분에 그녀는 마음을 정하게 되었다.

승마복이라는 단어(프랑스어 텍스트에서는 승마복이 '아마존 amazone'으로 표기되어 있다—역주)는 마치 에로틱한 환상적인 장면을 구성하는 모티프라도 되는 듯이 "숲 속-가을/엠마(아마존 프랑코니)는 그와 함께 말에 올라탄다"[15]라는 표현으로 아주 일찌감치 소설의 첫 번째 시나리오에 붙여진 메모에 나타난다. 아마조네스의 여왕이 무기를 뛰어나게 잘 다룬다는 표시로 허리띠를 차고 있는 것을 기억한다면, 엠마가 거칠게 옷을 벗어 던지는 짧은 장면은 기독교적 상징의 변형으로 엮어진 그리스 신화의 변조쯤으로 읽혀질 수 있을 것이다. "그녀는 옷을 거칠게 확 벗었고 가느다란 코르셋 끈을 마구 잡아 뜯었다. 그러면 옷은 허리에서 뱀처럼 쉭 하는 소리를 내며 미끄러져 떨어지는 것이었다." 이 특별한 소설

---

14) 피에르 브뤼넬Pierre Brunel, 〈신화비평. 이론과 과정 *Mythocritique. Théorie et parcours*〉, 프랑스 대학 출판PUF, 〈글쓰기 Écriture〉 시리즈, 1992.
15) 〈초안과 시나리오〉. 프랑코니Franconi는 파리에 있던 올림픽 서커스단의 이름이다.

을 넘어, 신체의 일부가 잘려나간 여전사의 모습은 플로베르에게 너무도 강렬한 것이었기 때문에, 그는 그 모습을 작가라는 자신의 일의 메타포로 삼았다. "화살을 쏘기 위해 젖가슴을 태워버리는 아마조네스의 오래된 신화는 어떤 사람들에게는 엄연한 현실입니다. 이 짧은 구절들이 당신에게 얼마나 크나큰 희생을 감수하게 합니까!" [16]

신화의 익명성을 향하여

첫 번째 시나리오에서, 수녀이면서 돈 주앙의 정부인 마담 보바리는 마리Marie라는 이름을 가지고 있다. 그러나 이 이름은 그녀가 "마리아Maria, 마리안느Marianne, 혹은 마리에타Marietta라고 서명한다"라고 명시되어 있으므로, 인물의 글쓰기 안에서 상상하는 대로 바뀌는 과정을 거치게 된다. 이러한 고유명사의 어미 변화는 이름을 남부 지방의 몽상적인 어미로 늘이면서 어구의 철자를 바꾸는 방법을 통해 마리안느라는 이름 아래 안나 마리아 Anna Maria라는 수녀의 이름을 풀어놓고 있다. 알다시피 이것이 바로 줄르 드 고티에Jules de Gaultier가 "자기 자신을 자신과 다르게 인식하는 인간의 능력" [17]이라고 정의한 보바리즘의 첫 번째

16) 에른스트 페이도Ernest Feydeau에게 보낸 편지, 1861년 10월 7일, 〈서간집〉, III권.

징후다. 그런데 인물들을 특징짓는 이러한 이타성異他性 altérité의
욕망은 정확하게 신화의 변형 안에서도 발견된다. 레비스트로스
이래로 신화는 갖가지 해석의 총체로 이해되어 왔는데, 엠마는
신화와 함께 하나의 고정된 정체성 안에 머물고 싶지 않음을 공
유한다. 달리 말하면, 그 모든 것이 마치 플로베르의 인물들이 이
상 체질을 가지고 있어서 한 가지 신화의 구조적 구성 요소들을
다양하게 해석하고자 모색하는 것처럼 진행된다.

　　　또 다른 기호들은 매우 개별화된 소설적 인물들을 신화의
익명성으로 전환시킨다. 먼저 이름을 보자. 첫 번째 시나리오에
부록으로 첨부된 메모에서, 엠마라는 이름은 '마리'라는 이름의
첫 음절의 글자, 혹은 원래 돈 주앙적인 이름의 분신으로서의 마
리 안느Marie Anne의 첫글자 M. A.에서 즉시 탄생한 것으로 보
인다(프랑스어에서는 'A'를 '아'라고 읽는다―역주). 누군가의 이름이 아
니라, 알파벳의 비인칭 글자 두 개를 한 자씩 읽다가 생겨난 것이
라고 할 수 있다. 또한 이 이름에서는 모든 문법에서 찾아볼 수
있는 가장 평범한 동사 '사랑하다aimer'라는 1군 동사(프랑스어에
서는 어미의 변형 방법에 따라 동사를 세 가지 그룹으로 구별하는데, 그 첫 번째
그룹에 속하는 동사를 1군 동사라고 하며 규칙변화를 한다―역주)의 단순 과거
3인칭 변형인 'aima'(에마라고 읽는다―역주)의 음을 들을 수 있다.

17) 줄르 드 고티에, 〈보바리즘. 플로베르 작품의 심리학 *Le Bovarysme. La Psychologie dans
l' œuvre de Flaubert*〉, 레오폴드 세르Léopold Cerf, 1892.

태초의 시간, 그 이전 시간의 어둠 속으로 신화의 기원은 자취를 감춘다. 이렇게 해서 소설적 인물은 원형原形의 신화적 인물로 비인간화된다. 몸을 굽혀 물에 비친 모습을 바라보는 이에게 나르시스가 나타나듯이, 자기 자신의 유린의 거울을 사랑하는 남자 혹은 여자에게 엠마가 손을 내민다.

　　육체적으로 한정되어 있지 않다는 것도 마찬가지 의미로 이어진다. 우리는 엠마를 정확하게 묘사해낼 수가 없다. 엠마의 머리칼은 갈색인가, 금발인가, 아니면 붉은색인가? 물론 갈색이지만 노르망디 지방과는 아무런 관계도 없는 이 머리색은 그녀가 남부 지방 혈통을 이어받았음을 확인해준다. 그녀는 〈세비야의 이발사El Burlador de Sevilla〉와 〈석상의 손님Il Convitato di pietra〉이 공연되는 무대에서 나온 것이다. 그러면 그녀의 눈동자는 어떤 색인가? 갈색인가, 푸른색인가, 아니면 검은색인가? 그 모든 색을 조금씩 다 가지고 있고, 그 빛깔이 수시로 변한다는 점이 엠마를 인식할 수 없는, 알 수 없는 미지의 여인, "완전히 똑같은/완전히 다른" 여자도 아니면서, 모든 여자들 안에 용해되어버리는 여자로 만들어주는 것이다. 애인-독자로서 그녀에게 접근하기 위해 그 자리에 있는 유일한 인물인 샤를르의 시점을 택해야 한다 할지라도, 베갯머리에서 그녀의 모습을 좀 더 자세히 살펴보자.

　　그녀의 두 눈이 더 커 보였다. 특히 잠에서 깨면서 몇 번씩이나 눈을 깜박일 때가 그랬다. 그늘진 부분은 까맣고 햇빛을 받은 부분은 짙은 푸른색인 그 눈은 연속적으로 겹쳐진 여러 층의 색깔들로 이루어진 것 같았는데, 밑바탕은 짙은 색이고 에나멜처럼 반드러운 표면으로 올라올수록 색이 옅어지는 것이었다.

사실상 그녀의 동공은 주위 환경의 색깔을 띠게 된다고 해도 과언이 아니다(그늘진 부분은 검은색, 햇빛을 받은 부분은 짙은 푸른색). 신화의 열린 구조가 늘 그러하듯이, 그녀의 동공은 시선이라기보다 차라리 거울이라고 해도 과언이 아니며, 광선이 투사되거나 침투할 때마다 항상 재투자할 준비가 되어 있는, 무한히 조형적이고 변화무쌍한 움직이는 표면이라고 해도 과언이 아니다. 레옹과 로돌프는 그녀의 눈이 검은색이라고 생각하지만, 그 두 사람 모두 확신을 가지고 의견의 일치를 보지 못한다. 엠마는 그녀의 것이 될 초상화 안에 고정되어 있는 것이 아니라, 항상 바라보는 시선 속에서 파악된다. "그녀 자신을 위한"(이러한 표현이 소설 공간에 있어 다양한 초점화focalisation 같은 것을 의미한다면) 그녀의 묘사의 어려움은 〈초안과 시나리오〉에서도 볼 수 있다. 샤를르가 보여주는 저속함이 페이지 가득 펼쳐지면서, 그의 초상화는 아주 일찌감치 그 자체인 것으로 놓여지는 반면, 엠마의 초상화는 변하지 않는 기호들로 그려져 있지 않고 표정의 상태를 지시하는 간결한 터치("바람에 붉어진 얼굴-생기가 도는 그녀의 뺨")[18]로 그려져 있다. 마지막 전체 시나리오는 모호한 동시에 지극히 정확한, 플로베르적인 발명에 어울리는 왕복 흔들림에 의거하여 이 처녀의 몇 가지 특성을 그려내고 있다. "키가 크고 (마른) '호리호리한' 그리고 검은 머리의 엠마 레스티부두와Emma Lestiboudois—감탄을 자아내는 눈—기다란 손과 관절의 뼈마디가 드러나 보일 정도로 너무 마른."[19] 하지만 플로베르가 자신의 소설 제1부의 시나리오를 수정하는 순간, "엠마의 초상화(미완성)"[20]를 묘사하는 데 어려움을 겪는다. 마치 이 초상화가 소설 글쓰기에 저항이라도 하는 것처럼, 그리고 어떤 의미에서는 그 초상화가 영원히 만들어나가야 하는 것으로 남아 있기라도 하는 것처럼.

신화의 보편성

외양 묘사는 상상의 인물로 하여금, 플로베르가 문학에 대해 요구하는 힘, 즉 상상하게 만드는 힘에 손해를 입히는 개별화라는 위험을 감수하게 만든다. 그 인물의 외양 묘사는 사진이나 그림으로 인해 무無의 상태로 위축되어 버린다. 우리는 〈살랑보 Salammbô〉의 작가가 얼마나 단호하게 자기 소설들에 삽화를 넣고자 하는 시도에 반대했는지 알고 있다.

18) 〈초안과 시나리오〉
19) 같은 책
20) 같은 책. 이 표현들은 삭제하기 위해 밑줄이 그어져 있다.

하나의 전형type이 연필에 의해 고정되는 순간, 그는 일반성의 성격, 독자로 하여금 "나는 이것을 보았다"라든가 "이것은 이러이러해야 한다"라고 말하게 만드는, 이미 알려진 수많은 대상과의 일치성을 상실한다. 그림으로 그려진 여인은 그 여인과 닮았다. 그것이 전부다. 그 순간부터 사유는 닫히고, 완전한 것이 되어버려 모든 문장은 무용지물이 되는 반면, 글로 쓰인 여인은 수많은 여인들을 상상하게 만든다.[21]

여기서 우리는 신화에만 있는 확장, 뒤르켐Durkheim의 표현에 따르자면 "집단적 재현"이 되는 신화의 능력과 유연성을 알아볼 수 있다. 글로 쓰인 엠마는 수많은 여인들을 상상하게 만든다. 그리고 수많은 여인들은 자기 자신을 엠마라고 상상하게 될 것이다. 플로베르 소설의 모델과 그 비결, 유사성에 대해 질문을 던진 독자에게 플로베르가 보낸 그 유명한 편지에 담긴 말들을 기억해보자.

아닙니다, 선생님. 어떤 모델도 내 눈앞에서 포즈를 취하고 있지 않습니다. *마담 보바리*는 완전한 창작입니다. 이 책의 모든 인물들은 완전히 상상에 근거한 것이며, 용빌-라베이나 리엘

---

21) 에른스트 뒤플랑Ernest Duplan에게 보낸 편지, 1862년 6월 12일, 〈서간집〉, III권.

Rieulle 또는 기타의 장소도 마찬가지로 존재하지 않는 지방입니다. 그럼에도 불구하고 사람들은 나의 소설 속에서 여기 노르망디 지방에 대한 숱한 암시를 찾아내고자 했습니다. 만일 내가 그렇게 했다면 내가 만들어낸 초상화들은 모델을 덜 닮았을 것입니다. 왜냐하면 나는 개성을 고려해서 하나의 전형을 재생해내고 싶었으니까요.[22]

뚜렷하게 어떤 모델을 식별해낼 수 없다는 상황이 흥미롭게도 문학적인 유사성을 띤다. 사실 플로베르에게는 두 가지 모델이 있다. 개별적인 모델(예를 들면 화가 앞에서 포즈를 취하는 어떤 한 여인)과 "우리 앞에서 포즈를 취하는 상상의 모델"이 바로 그것이다. 그리고 여기에 그의 천재성이 있다. 즉 어떤 한 여인과는 닮지 않은, 하지만 동일한 유형의 모든 여인들을 닮은 상상의 모델을 정확하게 바라보고 재현해낸다는 것이다. 왜냐하면 플로베르는 지금 여기에 자리잡고 있는 별로 중요하지 않은 실제의 한 여인을 묘사해낸 것이 아니고, 또 정열을 구체화한 것도 아니며, 5년 동안이나 자신의 눈앞에 상상 속의 귀여운 여인이 포즈를 취하도록 만들었기 때문에 신화가 갖는 독특한 보편성에 도달하게 된다.

22) 에밀 켈토Émile Cailteaux에게 보낸 편지, 1857년 6월 4일, 〈서간집〉, II권. 이탤릭체는 플로베르 자신이 강조한 것임.

내 가련한 보바리는 아마도 바로 이 시간에 프랑스의 수많은 마을에서 고통 받으며 울고 있을 것입니다.[23]

플로베르 미학에서 중요한 두 단어는 분명 ‘전형’과 ‘일반성’이다. 〈마담 보바리〉를 집필할 당시 루이즈 콜레에게 보낸 편지는 단 한 가지 충고를 계속 강조하고 있는데, 그 충고는 편지를 보낸 플로베르에게 먼저 적용된다. 즉 너무 지나치게 독특하지 말 것, 자신의 성性을 드러내지 말 것, 일반성, 즉 전형을 추구할 것. 즉, 당신이 〈하녀 *La Servante*〉를 쓸 때는 모든 하녀들을 생각하고, 〈시골 처녀 *La Paysanne*〉를 쓸 때는 어떤 한 시골 처녀를 쓰지 말고 ‘그’ 시골 처녀가 개괄하는 모든 시골 처녀들을 상상해볼 것, 기타 등등. 신비롭고 나이 많은 노처녀가 등장하는 플랑드르식 소설을 쓰려고 했던 처음의 생각을 왜 바꾸게 되었는지는 플로베르가 나중에 설명해줄 것이다. 그것은 상상 속의 모델이 갖는 일반성에 도달하지 못하는, 너무나도 예외적인 상황이었다.

나는 더욱 인간적인 여주인공, 우리가 더 많이 보게 되는 여인을 창조해냈습니다.[24]

<hr>

23) 루이즈 콜레에게 보낸 편지, 1853년 8월 14일, 〈서간집〉, II권.

평범한 인물들과 빈약한 환경은 소설의 일반화를 가장 확실하게 보장해주는 보증인이다. 용빌은 그 어떤 노르망디 마을보다 더 노르망디적이며 그 어떤 시골 마을보다 더 프랑스적이다. 엠마는 재현된 인물이면서 또한 실제 독자로서의 보통 여인들, 소설을 읽는 독자, 그 이전의 문학이 만들어낸 여인들을 개괄한다.

마담 보바리, 그녀는 바로 우리다

진부한 이야기(보들레르는 "진부한 주제poncif"라는 표현을 썼다)를 창조해내고자 하는, 사회적으로 보잘것없는 문학작품을 맹렬하게 비판하는 사람들이 보기에 일견 역설적으로 여겨지는 이러한 욕망은 이런 의미로 이해해야 할 것이다. 드디어 〈시골 처녀〉는 끝이 났고, 플로베르는 자신의 연인이 "이야기의 바탕이 모든 사람에게 공통되는 이야기"를 압축해냈다고 축하했다. "내가 보기엔 이것이야말로 바로 문학의 진정한 힘을 나타내는 표시입니다. 진부한 이야기는 어리석은 사람들이나 아주 위대한 사람들에 의해 다듬어집니다. 평범한 사람들은 진부한 이야기를 피해가고 기발한 것, 우연한 것들을 추구합니다."[25] 플로베르가 본 그대로, 문학의 불가능성은 기원을 찾고 검증하는 실증적 시대에, 저속한 기본

---

24) 르루아예 드 샹트피 양에게 보낸 편지, 1857년 3월 30일, 〈서간집〉, II권.
25) 루이즈 콜레에게 보낸 편지, 1853년 7월 2일, 〈서간집〉, II권.

주제를 초인적인 인물과 상황을 다루는 고대 신화의 보편성의 단계로 끌어올리고, 옛날 옛적의 위대한 상상의 작품들이 갖는 것과 똑같은 지지력과 "불신의 의도적 유보"를 야기해야 하는 절대적 명령에서 기인하는 것이다.

　　　마리 소피 르루아예 드 샹트피Marie-Sophie Leroyer de Chantepie 양은 자기가 사는 앙주Anjou 지방 벽촌을 근거로 그 속에서 자기 자신을 알아보게 될 것이다. 그녀가 경애하는 스승에게 보낸 첫 번째 편지는, 작품이라는 기계장치가 여인-독자에게 쳐놓은 함정이 감탄할 정도로 훌륭하게 기능하고 있음을 보여준다. "처음부터 나는 그녀를 내가 알고 지냈을 수도 있는 친구라고 생각했고, 또 사랑했습니다."[26] 엠마가 다른 신화적 인물들과 공유하는 힘, 사람들이 자기 자신을 그녀와 동일시하는 힘은 어디에서 나오는 것일까? 그것은 그녀 자신이 이미 동일시의 과정 속에서 이해되기 때문일 것이다. 피에르 알부이Pierre Albouy에 따르면, 문학 신화가 다른 신화와 통하는 것과 마찬가지로 엠마는 자기 자신을 눈앞에서 보는 듯한 거울상의 동일시identification spéculaire들이 교환되는 지점에 위치해 있다. 앞으로 나타날 상상의 모델을 위해 자기 자신을 바치는 여자는 그 이전의 모델들을 상상해서 포착해 낸 것이다. 일반성이라는 플로베르 미학에 걸맞게, 엠마는 절대 어

---

26) 플로베르에게 보낸 편지, 1856년 12월 18일, 〈서간집〉, II권.

떤 특정인과 동일시되지 않고, 좀 더 광범위하게 확장되어 하나의 전형과 동일시된다. "그때 그녀는 옛날에 읽었던 책 속의 여주인공들을 떠올렸다. 불륜에 빠진 서정적인 여자들의 무리가 그녀의 기억 속에서 공감어린 목소리로 노래하기 시작하며 그녀의 마음을 사로잡았다. 그녀 자신이 이런 상상 세계의 진정한 일부로 변하면서 그녀는 예전에 자신이 그토록 선망했던 사랑에 빠진 여자의 전형이 바로 자기 자신이라고 여기게 되었다." 〈초안과 시나리오〉에서 이미 동일시는 전체에 영향을 미친다. "그녀는 여주인공들의 자리로 돌아온다, 시詩." 플로베르가 젊은 처녀들을 위한 낭만적 앨범인 선물용 장식 책을 들춰가면서 메모를 할 때, 그는 그 카테고리를 복수로 지칭한다. "꿈꾸는 여인들 / 납치된 여인들 / 사랑에 빠진 여인들." 로돌프와 결별한 후 엠마는 자비의 시기를 거친다. 그 과정에서 그녀는 또다시 그녀 자신에게 이상적인 모델을 부여한다. "체념—위대한 여인들-신앙심 깊은 여인들."[27] 엠마가 주체가 되든("그녀는 그녀 자신에 대해 강하고 충실한 여인의 전형을 확보한다"), 추상적 계급으로의 이행의 대상이 되든(레옹은 그녀에게서 전형들을 발견한다[28]), 전형이라는 단어는 여러 번 반복하여 프로그래밍 단계에 나타난다. 물론 여기에는 몇 개의 고유명사가 들어 있다. 예를 들면 엠마의 '행적' 들과 엠마가 읽은 책들을 열거하는 장의 첫머리에 나타

27) 〈초안과 시나리오〉.
28) 같은 책.

나는 드 라 발리에르Mlle de la Vallière (1664~1710, 루이 14세의 총희로 널리 알려진 인물이며, 카르멜 수도원으로 물러나 만년을 보냈다. 〈마담 보바리〉 1부, 5장의 첫머리에 그녀의 이름이 나온다—역주)공작 부인의 이름은 장차 일어나게 될 모든 동일시를 가능하게 해주는 상상의 원동력이 된다. 하지만 여러 가지 자세와 입장의 본질은 공통된 이미지와 일치한다. 개별화되었다고 생각할 수 있는 강력한 하나의 동일시 과정은 〈람메르무어의 루치아Lucia di Lammermoor〉(1835년 나폴리에서 초연된 월터 스콧 원작, 도니제티Donizetti 작곡의 오페라. 로미오와 줄리엣의 스토리를 연상시킨다—역주)를 재현해낼 때, 집단적 투사가 프로그래밍되는 장소에서 자연스럽게 일어나게 된다. 그리고 오이디푸스, 돈 주앙, 파우스트처럼 문학이 창조해낸 위대한 첫 번째 신화들과 마지막 신화들이 연극적인 형태를 갖는 것은 아마도 우연이 아닐 것이다.

이 소설을 읽어나가다 보면, 〈폴과 비르지니 *Paul et Virginie*〉(베르나르뎅 드 생-피에르Bernardin de Saint-Pierre [1737~1814]의 목가적 소설로 장 자크 루소의 사상을 구현하고 있으며 자연미와 인간 사회의 조화를 그린 소설—역주) 같이 출전이 명기되어 있는 책들이나 월터 스콧Walter Scott(스코틀랜드의 소설가로 〈로빈 훗〉, 〈아이반호〉 등의 작품을 쓰며 프랑스 현대 소설의 성립에 지대한 영향을 끼쳤다—역주) 혹은 라마르틴느Lamartine(프랑스의 낭만주의 시인—역주) 같은 작가들의 이름이 거론되어 있음을 알 수 있다. 하지만 이런 이름이나 제목들은 엠마의 상상력을 형성하는 과정에서 상기된 제목 없는 책들보다 훨씬 숫자가 적다. 엠마가 읽은 작가의 이름이나 제목이 없는 책들은 서가 깊숙한 곳에 누워 무관심하게 잠자고 있다. 상당히 낮은 수준의 이 책들은, 개인의 입장을 떠나 작가의 개성이 부재한, 플로베르가 쓰고자 하는 것과 같은 걸작으로서의 특징을 보여준다. 그런 점에서 〈마담 보바리〉는 소설과 신화를 근본적으로 구별 짓는 신화의 익명성에 합류한다. 우리는 신화에는 작가가 없다는 레비스트로스의 말을 알고 있다. 물론, 〈마담 보바리〉에는 작가의 서명이 들어 있지만(플로베르에게 그런 생각이 없었던 것은 아니지만 그 어떤 순간에도 자신의 이름을 넣지 않은 채로 출판할 생각을 하진 않았다) 이 서명은 그 당시 출판계에서 흔히 행해지던 단순한 형식적 계약이었을 것이다. 독자들은 호메로스보다 플로베르에 대해서 더 많이 알면 안 되었다. 오로지 글쓰기로만 이야기를 해야 하고(그 기원이 어디서 시작되었는지 한정지을 수 없는 사회적 담론과 마찬가지로), 펜을 쥔 사람만이 있을 뿐 그 뒤에는 아무도 없다. 책에서 빠져나온 사람들이 원하는 만큼의 연장을 만들어내기 위해서, 상상 속의 인물이라는 엠마의 자율성을 가능하게 해주는 것은 바로, 개인적인 의견과 감정을 지닌 작가의 해방된 언어의 자율성이다.

　　플로베르가 "마담 보바리는 나다. 나에 근거해서 쓴 나다"라고 쓴 적은 없다. 작문의 섭리라고 할 수 있는 너무나도 유명한 이 문장은 "신화란 그 원인으로 오로지 말만을 가짐으로써 존재하고 지속되는 모든 것의 이름"[29]이라는 발레리의 신화에 대한 경멸적인 정의에 대한 답이 된다. 여기서도 말이란 너무나 고결해서 차라리 4차원적인 구비口碑 전통이라고 불러야 할 것이다. 비평가 르네 데샤름므René Descharmes는 드 로네E. de Launay의

말을 인용하고, 드 로네는 그 말을 아멜리 보스케Amélie Bosquet
에게서 가져오고, 보스케는 어쩌면 플로베르에게서 그 말을 들었
을지도 모르겠다. 만약에 마담 보바리가 우리라면, 그것은 바로
마담 보바리가 플로베르가 아니기 때문이다. 사적인 편지들 안에
서 플로베르는 공공연하게 자신의 작품을 몰沒개인적인 작품으로
만들기 위해서, 루이즈 콜레에게서 넘쳐나는 개인적인 감정들을
떨쳐냄과 동시에 모든 개인적인 요소를 제거하려는 목적으로 자
신의 소설과 맺고 있는 관계, 특히 중요 인물들과 맺고 있는 내밀
한 관계(“나의 귀여운 여인”, “나의 여관”, “나의 성행위”)를 드러내보인다.
마담 보바리가 자신의 저자에게 어떤 관계로 결부된다면, 그것은
“나”가 아닌 플로베르에게 결부되는 것이며, 이러한 나를 담아낼
수 없게 산산조각으로 부숴버리는 하나의 세계에 결부되는 것이
다. 그렇게 해서 로돌프와 엠마의 입맞춤 장면을 쓸 때 플로베르
는 한꺼번에 말, 바람, 나뭇잎, 태양, 남자 그리고 여자가 되는,
거의 신비한 경험을 하게 되는 것이다. 남성적인 여인이면서 아
마조네스인 엠마는, 루이즈 콜레가 주장하던 여성과 남성을 넘어
서서 최초로 중성(이것은 보들레르나 사르트르가 분석한, 여성화된 남성과는
다른 것이다)의 경험을 시도하는, 작가로부터 해방된 처녀가 되는

29) 폴 발레리Paul Valéry, 〈신화에 관한 짧은 편지 Petite lettre sur les mythes〉, 〈잡록
Variétés〉, II권, 1929, 〈작품집 Œuvres〉, 갈리마르, 라 플레이아드, I권, 1957, 발레리 자신이
강조.

것이다. 엠마가 소설 속에서 여러 번 차별화되지 않은 수취인인 "당신"[30]이라고 불리는 남성 독자들과 여성 독자들을 똑같이 대상으로 삼는 것은, 어떻게 여자이면서 주인이 될 것인가, 늙은 여자의 히스테리를 어떻게 남성적으로 구현할 것인가 하는 모순을 해결하기 위해 배치된 레비스트로스적인 신화의 논리 모델로서 소설이 구성되어 있기 때문이다.

또한 소설에서 신화에 속하는 부분은, 처음에 인식과 수용의 공간을 정의하는 "우리"라는 표현을 사용함으로써 집단으로 들어가는 것과, 마지막에, 역사를 벗어난 신화의 시간, 태초의 시간, 제의rite와 독서가 반복되는 가운데 다시 재현동화될 수 있는 영원한 현재의 늘임표를 사용하고 있다는 부분이다. 이러한 수용은 재판정에서 사용하는 법정 언어, 즉 피나르Pinard 검사의 논고에서 특히 두드러진다. 그 나름의 방식으로 재판은 '뮤토스 muthos'와 '로고스logos'라는 플라톤적인 큰 범주의 근본적 대립을 재연한다. 즉 어원학적으로 도덕적 결론을 내리지 않는 이야기라는 뮤토스에 대해서, 오메Homais가 갖는 합리성이 이루어내는 논증적이고 논리적인 언어라고 볼 수 있는 로고스가 대립하는 것이다. 이 사건은 물론, 귀여운 여인의 경우를 확실히 넘어서는

---

30) 예를 들면, "그 눈길은 천진하면서도 당돌하게 당신을 똑바로 건너다보았다."(I부, 2장) 또, "큰 나무 위에 올라가 빨간 열매들을 당신에게 따다 주는"(I부, 2장) 마음씨 착한 동생 폴 Paul에 대해서도 마찬가지인데, 엠마의 독서가 등장하는 2장에서 2인칭 복수로 지칭하는 것이 집중되어 있는 점은 주목할 만하다.

것이다. 왜냐하면, 그녀에게 문제가 되는 것은 다른 것이기 때문
이다. 만일 엠마가 독자와 작가들, 영화 제작자들에게 그 정도로
매혹적이고 도발적인 힘을 간직하고 있다면, 자기 자신을 자율적
으로 만들어주고, 레비스트로스가 애교스럽게 말한 것처럼, "(의
미가) 구동되기 시작하는 언어적 근저로부터 떨어져 나오도록" 허
락해주는 해방의 힘을 가지고 있다면, 매춘이라는 오래된 낭만적
파열을 일단 처치해버리고 난 후, 그리고 사르트르가 그곳을 지
나가게 될 때를 기다리면서, 그녀 혼자서 플로베르가 믿었던 최
후의 신화를 구현해내는 것이 된다. 이 최후의 신화란 바로 문학
이다. 엠마는 문학의 신화이며, 그녀가 먹고 토해내는 그대로의,
문학 전체의 신화이다. 그녀가 죽을 때, 독약이 든 소설(이것은 시
어머니인 보바리 부인과 약사의 견해다)은 "끔찍한 잉크 맛"이 되어 그녀
의 입에서 흘러나온다. 엠마는 해결되었거나, 최소한 산다는 것
과 읽는다는 것 사이의 문제제기적 관계의 모순을 생생하게 보여
주는 논리적 모델로 만들어졌기에, 하나의 신화다. 플로베르는
그녀의 모든 기원이 〈돈키호테〉 안에 들어 있다고 말했다. 그 종
말은 문학이 신화의 단계로 상승하는 그의 마지막 책, 〈부바르와
페퀴셰 *Bouvard et Pécuchet*〉에서 읽을 수 있다. 사람들이 이 두 기
준 사이에서 만나기를 기대하던 보르헤스Borges는 〈세르반테스
와 돈키호테의 우화 *Parabole de Cervantès et du Quichotte*〉에서
"신화란 문학의 원칙에 위치하는 것이고 (……) 그 마지막에 위치
한다"고 썼다. "존재의 모든 쓰라림이 그녀를 위해 차려진 것 같

은" 접시의 차원으로 귀착되는 공간에서, 플로베르의 귀여운 여
인은 지극히 신성한 문학의 원칙과 종말에서 신화의 완벽한 사이
클을 일주한다.

엠마, 그녀는 타자다

알랭 뷔진느 ALAIN BUISINE

소설적 변형

—그런데, 왜 그녀가 독약을 먹었는지, 뭘 먹었는지 전혀 모르
시겠습니까?

조금 머뭇거리면서 내가 말했다. 레옹은 목소리를 낮추며 대
답했다.

—우리끼리 얘긴데, 그 여자는 꽤 오래전부터 마약을 해왔어
요. 코카인! 뢰르Lheureux라는 사기꾼 같은 녀석이 그 여자에
게 그걸 대주었어요. 그런데 마약은 비싸지요. 그리고 그녀는
몸치장이며, 가구며, 자동차며, 돈을 많이 썼습니다. 그러니까
나는 그 여자의 죽음이 의도된 사고라고 생각합니다. 한번은
그녀가 여기 와서 나를 집요하게 졸랐어요. 당장 2만 프랑이

필요하다고요. 난 최선을 다 해보겠다고 약속을 했고, 급히 파리로 갔지요. 괜찮습니다. 그 2만 프랑을 다시는 되돌려받지 못하겠지만요. 내가 어떻게 하길 바라시나요? 그 여자는 자기가 영화관에서 본 것만을 믿었어요. 그래요, 그 여자가 연정을 품었던 유명한 로돌프라는 배우가 있었지요. 그 배우가 영화를 찍으러 1년 동안 지방에 와 있었어요. 그녀는 그를 만났음에 틀림없고, 여러 번 내게 그 이야기를 했었어요.[1]

우리는 이 대목에서, 아주 평범하면서도 저속한 상황이기는 하지만, 귀스타브 플로베르의 〈마담 보바리〉에 나오는 유명한 인물들을 확실히 알아볼 수 있다. 하지만 그 인물들은 1930년대 풍의 이야기 안에서, 오늘날의 취향에 맞추어 현실화되고 현대화되었다. 뢰르는 이제 더 이상 피륙이나 유행하는 물건들을 파는 데 만족하지 않고 코카인 딜러가 되어 있다. 레옹은 더 이상 낭만적이고 감상적인 옛날 시들을 믿지 않으며, 얼마 전에 기계의 영혼에 대한 중요한 시를 끝낸 사업가로 변신해 있고, 로돌프는 이제부터 "영화 잡지에서 쓰는 말 그대로, 프랑스에서 가장 섹스어필인 남자, 프랑스 영화계의 위대한 유혹자"[2]가 된다. 오메로 말

---

1) 오데트 파느티에Odette Pannetier, 〈시골 생활의 드라마*Un dramé de la vie provinciale*〉, 〈마담 보바리의 화신들*Les Incarnations de Madame Bovary*〉, 로제 다코스타 출판Roger Dacosta éditeur, 1933.
2) 같은 책.

하자면, 그는 벌써 국회의원으로 선출되었고, 곧 장관이 될 판이다. 불쌍한 엠마 보바리는 모든 종류의 알코올과 유행하는 모든 오락을 시도해본 다음, 수도의 모든 나이트클럽에서 흥청거리고 난 후에 마약중독자가 되어, 멋지게 생긴 가짜 할리우드 스타에게 푹 빠져 있다. 무척 플로베르적이면서 동시에 전형적인 1930년대 풍의 이 작은 세상은 〈마담 보바리의 화신들 *Les Incarnations de Madame Bovary*〉이라는 소설집에 실린 오데트 파느티에Odette Pannetier의 소설 〈시골 생활의 드라마〉에 들어 있는 것이다. 이 소설집에는 조르주 드 라 푸샤르디에르Georges de la Fouchardière의 〈마담 보바리, 혹은 시골에서의 섹스어필 *Madame Bovary ou le sex-appeal en province*〉, 쟝 세넵 Jehan Sennep의 〈미스 노르망디 *Miss Normandie*〉, 프랑시스 카르코Francis Carco의 〈보바리의 팔촌 *Une arrière-petite-cousine de Madame Bovary*〉, 자크 드 라크르텔 Jacques de Lacretelle의 〈에믈린 혹은 또 다른 보바리 *Emmeline ou l' autre Bovary*〉가 들어 있다. 이 이야기들의 문학적인 자질과 문체론적인 자질들은 별로 중요하지 않다(게다가 이 작품들은 이론의 여지가 있고, 심지어 대부분의 경우 전적으로 형편없는 것들임을 시인해야 할 것이다). 하지만 중요한 것은 그 각각의 작품들이 나름의 방식으로 〈마담 보바리〉를 다시 구상하고 쓰기를 시도하고 있다는 점이다.

오데트 파느티에의 소설은 플로베르 소설의 본질적인 사

항들을 뒤엎지 않으면서 그의 소설을 현대화하는 데 만족하고 있다. 당연히 엠마를 영원히 만족하지 못하는 여자, 평범하고 너무도 시골스러운 자신의 삶에 실망하여 자신이 영화계의 바람둥이인 로돌프에게서 버림받았다는 사실을 잊어버리기 위해 마약에 빠져드는 여자로 그려내고 있다. 사실 로돌프는, 여자들을 유혹하기가 무섭게 서둘러서 무수히 많은 자신의 정복물들을 떠나고 망각해버리고 싶어 한다.

좀 더 독창적이면서 가벼운 방식으로 조르주 드 라 푸샤르디에르는 엠마를 현대적인 "색정과다증의 여자nymphomane"로 변신시킨다. 그러다가 갑자기 그녀는 부부간의 정조로 되돌아와서 종교적으로 회개하기로 작정한다. 그래서 너무나 도덕적이고 세속적인 오메와 반대되는 부르니지엥 신부와 악마적인 결합을 이루게 되고, 오메의 약국 제조실은 미용 연구소로 바뀌게 된다. 그 두 사람은 "가톨릭 약국"을 창립하지만 얼마 지나지 않아 그 약국은 오메의 "우아함 약국"에 자리를 물려주게 된다. 샤를르는 번창하는 병원을 운영하고, 레옹은 샤를르의 조수이면서 자기 주인의 아내의 정부가 된다. 하지만 최근에 회개한 전향자 엠마는 과연 어떻게 육체의 부름에 저항할 것인가? 과연 그녀는 게루빔 Chérubin(지품智品천신, 제2위의 천사-역주)의 모든 우아함을 간직하고 있으며 사랑의 신비함에 눈을 뜬 쥐스텡Justin의 거부할 수 없는 매력을 어떻게 항복하지 않고 견딜 것인가? 엄밀한 의미에서, 그녀는 "강렬한 성적 쾌감을 느끼기" 위해, 오르가슴에 도달하기 위해, 그와 함께 비행기를 타고 여행을 가야 하고―이것이 바로 현대가 요구하는 것이다!―불행하게도 그 기구의 모터가 불붙은 두 연인의 육신과 함께 불타버리고, 엠마는 자신이 조금 전에 자유롭게 성희를 만끽하기 위해 낙하산의 안전벨트를 풀어버렸다는 사실을 잊어버린 채 뛰어내리려고 한다. 현실과 땅으로의 급격한 귀환이 이루어진다. 현기증 나는 낙하 후 엠마는 밀밭에 산산조각 나고, 쥐스텡은 비행기 파편들이 흩어진 전나무 숲의 비행기 잔해 속에서 정신을 잃은 채로 발견된다.

그녀의 죽음은 매우 정열적으로 해석되었다. 오메가 그의 주변 사람들에게, 쥐스텡은 단지 그가 설파하던 불운한 종교가 가져다주는 천상의 행복을 엠마에게 말해주기 위해 엠마의 비행기에 올라탔을 뿐이라고, 그 때문에 단지 재난을 이겨내지 못했을 뿐이라고 설득했기 때문이다.[3]

부르니지엥 신부는 엠마를 타락에서 구원된 영혼들 사이에 놓았다. 그는 결코 진실을 알아차리지 못했다. 엠마 보바리의 죽음을 경건하게 연설한 후 그는 이렇게 자신의 말을 마무리한다.

---

3) 조르주 드 라 푸샤르디에르, 〈마담 보바리, 혹은 시골에서의 섹스어필〉, 〈마담 보바리의 화신들〉, 앞의 책.

—그것은 천사의 추락이었습니다.[4]

세넵의 〈미스 노르망디〉는 우리에게 엠마의 눈부신 사회
적 상승을 보여준다. 로돌프와 레옹에게 차례로 실망한 그녀는
이제 오메에게로 돌아선다. 그것은 약사인 오메가 샤를르를 독살
하고, 자신이 보호하는 여자를 끌어들이기 위해 뢰르와 손을 잡
도록 만드는 격렬한 사랑이 될 것이다. 우선, 노르망디 현의 영농
대회에서, 노르망디에서 가장 아름다운 여인으로 지목된 그녀는
곧 "뢰르 부티크의 옷을 입고, 모자를 쓰고, 속옷을 입고" 미스
프랑스로 선출된다. 그리고 "제 브래지어는 뢰르 브래지어입니
다"[5]라고 말한다. 그녀는 저명한 정치인의 정부가 되며, 아주 비
싼 값으로 뮤직홀에 등장하고, 모리스 카발리에Maurice Cavalier
를 자주 만난다. 게다가 미스 유럽으로 선발되며 나중에는 미스
유니버스가 되어 할리우드의 스튜디오에서 그 당시 가장 유명한
배우들을 만나게 된다.

그러자 용빌 시는 용빌-보바리라는 이름을 쓸 수 있도록 허가
해줄 것을 요청하였고, 그 허가를 받아냈다. 그리고 오메 씨는
레지옹 도뇌르Légion d'honneur 훈장 수훈자가 매는 넥타이를

4) 같은 책.
5) 장 세넵, 〈미스 노르망디〉, 〈마담 보바리의 화신들〉, 앞의 책.
6) 같은 책.

받게 되었다.[6]

　　프랑시스 카르코는 매혹적인 유부녀를 좋아하고, 결국에
는 그 유부녀 역시 자기를 좋아하게 되는, 사춘기 소년이 겪는(그
소년은 방금 〈마담 보바리〉를 읽었다) 사랑 이야기를 들려준다. 여기서
오메는 에르비코트Herbicotte로 불린다. 그는 불법 의료 시술, 즉
말하자면 인공 임신중절 수술 같은 시술로 디에프Dieppe에서 옥
살이를 했다. 여기서 마담 보바리의 먼 사촌은 음독자살이 아닌
자동차 사고로 사망하게 된다.

　　사실 이 소설집에서 가장 놀라운 소설은 이론의 여지없이
자크 드 라크르텔의 소설이다. 그는 에믈린Emmeline이라는 이름
을 가진, 두번째 기술태記術態에 위치하는 경이로운 보바리를 만
들어낸다. 그 이름은 엠마의 모조품이자 애칭이기도 한데, 그녀
는 자기 자신이 지극히 평범하다는 것을 전혀 깨닫지 못한 채 샤
를르를 미칠 듯이 사랑하는 젊은 과부다. 그녀는 가능한 한 샤를
르의 부인을 닮고자 하는 것 외의 다른 욕망을 가지고 있지 않을
정도다. 그녀는 자기의 라이벌인 엠마의 옷차림, 화장법, 앞가르
마를 탄 헤어스타일, 그녀가 걸친 숄의 주름을 그대로 흉내 내고,
엠마의 은밀한 사생활과 습관을 꿈꾸며 그것을 그대로 자신에게
적용하고자 하는 욕망만을 가지고 있다. 오랫동안 계속될 말 못
할 신경쇠약증 같은 사랑……. 보바리 부인이 죽은 후 그녀는 샤
를르의 관심을 끌고, 그가 자기를 간호하고 치료하도록 만들기

위해 독버섯을 먹기로 결심한다. 당연히, 멍청한 샤를르는 비소를 먹고 죽어가는 사랑하는 엠마에게 먹인 치명적인 구토제를 또 다시 에믈린에게 처방하게 될까 두려워하며, 적절한 치료제를 처방해줄 능력이 없음을 드러내보인다. 그러나 에믈린은 샤를르보다 더 유능한 동료의 약물 치료 대신 재난을 초래하는 샤를르의 약물 치료를 택한다. 그리고 〈순진한 마음 *Un Cœur simple*〉(플로베르의 단편소설. 시골 부르주아의 집에서 하녀로 일하는 펠리시테Félicité가 주인공이다—역주)의 끝부분과 마찬가지로, 가톨릭의 성체 안치소에 당당히 자리 잡고 있는 얼빠진 앵무새 룰루Loulou를 성령으로 혼동하는 펠리시테가 느끼는 것과 유사한 환상적 황홀경 속에서 죽음을 맞이한다.

자신의 의식이 갖는 가장 막연한 환상에 몸을 내맡기며, 그녀는 지금, 자신의 완고함 덕분에 자기가 보바리의 영광에 기여했다는 꿈을 꾸고 있었다. 모든 것을 무릅쓰고 얻어낸 자기 병의 치료는 거장의 솜씨로 선포될 것이다. 시골 의사의 경력은 여태 경험해본 적 없는 행운을 얻게 될 것이다. 그녀는 그러한 절정의 감정이 자신의 환상 속에 펼쳐지는 것을 보았다. 예전에 그녀가 은거하던 수녀원에서 들었던 것과 같은 종소리가 귓가에 들려오기 시작했다. 그리고 나서, 그 종소리들은 기적처럼 동심원을 그리는 대열로 변하고, 대형 계단식 강의실의 단이 되고, 가장 높은 곳에서 동료들로부터 만장일치의 존경을 받으면서, 무릎까지 내려오는 옷을 입고 챙이 좁은 모자를 쓴 보바리가 나타났다. 가여운 에믈린의 귀에는 사랑으로 자신을 떨게 만들었던 장엄한 목소리가 들려오는 것 같았다. 자신의 구원자는 자기가 사용한 방법들을 설명하였고, 이러한 치료가 의학에 얼마만큼 새로운 계시를 가져왔는지 보여주었다. 멋진 환상에 눈멀어 죽어가는 그 여자는 더 이상의 고통을 느끼지 못했다. 가없는 희열이 방향제처럼 그녀를 둘러쌌다. 그녀는 성녀들이 누리는 하늘나라의 행복 속에서 숨을 거두었다.[7]

여기에서 귀스타브 플로베르의 소설에 나타나는 감정적인 입장들은 완전히 역전된 것으로 보인다. 평범하고 보잘것없는 샤를르는 계속 자신의 욕망의 대상에 대해 완전한 환상을 가지고 있는(그래서 마지막 단계에서 그녀는 스스로 독약을 마시고 자살한 엠마와 합쳐진다), 상상하기 힘들 정도의 착각 속에서 죽어가는 한 여자에게 있어 갈망하는 것의 극치가 된다. 사실 에믈린은 뛰어난 "보바리주의자"로서 자신의 욕망이 타인의 욕망을 거쳐 가게 만든다. 그녀는 오직 그녀의 남편이 바라던 바 그대로의 엠마를 닮을 것만을 목표로 하기 때문이다.

화려한 삽화가 들어 있는 이 작은 소설집 〈마담 보바리의

---

7) 자크 드 라크르텔, 〈에믈린 혹은 또 다른 보바리〉, 〈보바리 부인의 화신들〉, 앞의 책.

화신들〉은 로제 다코스타Roger Dacosta가 에파트롤Hépatrol 연구소를 위해서 만들어낸 제품, 자신의 약국에서 만들어낸 큰 약병에 그려져 있는 오메를 즐겁게 만들어줄 제품이 틀림없음을 우리는 어느 정도 당혹스럽게 알게 된다. 여기서 이 제품은, 예전에 제약 연구소에서 자본을 대고, 파리뿐 아니라 시골의 의사들에게 무료로 배부되던 수많은 출판물의 한 종류에 해당한다. 샤를르 보바리가 이 호사스러운 출판물들을 책의 낱장을 뜯지도 않고(예전에 출판된 프랑스 책들은 책이 낱장 페이지로 되어 있지 않고, 전지가 접혀 있는 상태로 발행되었던 책들이 많았다. 그 책을 읽기 위해서는 읽을 때마다 접혀 있는 페이지들을 뜯어내어 펼쳐야만 했다—역주) 조심스레 서가에 정리하리라는 것은 의심의 여지가 없다(토트Tostes에서 보바리가 책장의 여섯 단이나 차지하는 〈의학 사전〉 전집을 자신의 책장에 정리했던 것처럼). 나 자신도 몇 년 전, 마다가스카르Madagascar에서 발행된 150부 중에서 아흔 두번째로 발행된 이 책을 헌책방에서 50프랑을 주고 산 후 접혀 있는 페이지들을 뜯어 펼치는 일부터 시작했었다. 그런데 그 책을 받은 의사는 그것을 읽으려들지 않았다. 뛰어난 격자형 구조(소설이나 영화에서 어떤 작품이 그 작품과 동일한 구조와 줄거리를 그 내용으로 담고 있어 이야기 속의 이야기, 또는 영화 속의 영화 같은 구조를 이룬 것. 방패꼴 문장의 중앙부 도안이 역시 방패꼴이었던 것에서 유래함—역주)는 바람피운 아내와 살고 있는 무능한 의사들의 이야기를 전혀 눈치 채지 못하게 하면서 1933년에 광고 명목으로 프랑스 전역의 훌륭한 의사들에게 보낼 수 있었음을 보여준다.

플로베르의 소설이 야기한 개작들은 너무 많아서 그 숫자를 다 집계할 수는 없을 것이다. 〈비틀린 운명들*Destins tordus*〉[8] 이라는 소설집에 들어 있는 〈마담 보바리, 그녀는 타자이다 Madame Bovary, c'est l'autre〉라는 소설에서, 우디 앨런Woody Allen은 미국 유대계 지식인의 정부가 되는 엠마를 상상한다. 우디 앨런의 모든 영화에서와 마찬가지로, 모든 것은 뉴욕의 한 정신분석의의 소파에서 시작된다. 시티 대학의 문학부 교수인 쿠걸매스Kugelmass는 첫 번째 이혼과 그 후에 더 끔찍했던 재혼 등 자신의 슬픈 운명을 한탄한다. 그는 단 한 번만이라도 격렬하고 열정적인, 진정한 사랑을 경험하고 싶어 한다. 그러자 퍼스키 Persky라는 사람이 시간을 거슬러올라가는 타임머신과 같은, 자신이 만들어낸 소설 속으로 들어가는 상자를 사용해볼 것을 제안한다. 프랑스 여인들에게 지대한 관심을 가진 쿠걸매스는 〈마담 보바리〉를 선택한다. "정확하게 자기 눈높이 정도 되는 위치에 채색된 유리 장식품이 걸려 있는 합판 벽"으로 된 작은 방에 들어서자마자, 그는 용빌에 있는 샤를르와 엠마 보바리의 침실에 내던져진다. 그 이후 그는 아름다운 프랑스 여인과 완벽한 사랑을 나누기 위해 매 주말마다 그 방을 찾아온다. 그리고 책의 120페

---

8) 로베르 라퐁Robert Laffont, 파리, 1981, 〈세미 컬런*Point Virgule*〉 시리즈로 재판, 쇠이유, 1988(원제: 〈부작용Side Effects〉, 원작자: 램덤 하우스Ramdom House, 뉴욕). 이 제목이 처음에 나의 글에 붙인 제목이라고 고백해도 좋을까? 이것은 완벽하게 소설에 귀를 기울이는 뛰어난 독자인 우디 앨런이 보바리즘은 필연적으로 대타자를 받아들일 수밖에 없음을 직접적으로 이해하고 있다는 말이 된다.

이지에 이르기 이전에, 즉 여주인공이 로돌프라는 인물에게 반하기 이전에, 소설 속으로 영원히 하차할 준비를 한다. "바로 그 순간, 미국의 수많은 강의실에 있는 학생들이 선생들에게 「대체 100페이지에 있는 인물이 누구입니까? 보바리 부인을 포옹하는 그 대머리 유대인이 누구예요?」 라는 질문을 던진다"[9]라고 해도, 어쩔 수 없다. 대도시의 호사스러움에 매혹된 엠마가 뉴욕으로 쿠걸매스를 따라와 영화관, 디스코텍, 고급 명품점, 캐비어와 샴페인으로 영원히 잊지 못할 주말을 보내게 되는 그날까지 말이다. 그리고 또, 스탠포드의 유명한 교수가 엠마라는 이름이 소설에서 사라져버린 것을 확인하고 자기 눈을 믿을 수 없게 된다 해도, 어쩔 수 없는 일이다. "자, 이것이 바로 위대한 고전 작품의 속성입니다. 이런 작품들은 수천 번 읽어도 언제나 그 속에서 새로운 것을 발견할 수 있습니다."[10] 불행하게도 그 멋진 기계가 고장이 나고, 엠마는 미국의 한 호텔 방에서 꼼짝 못하게 된다. 그녀는 자신의 소설로 돌아가거나 자기 정부와 결혼할 것을 요구하며 소란을 피운다. 그 사건에서 최악은, 항상 현실과 픽션이 끊임없이 충돌하므로, 쿠걸매스가 그 기간 동안 소설적인 연애에 더 눌러앉는다는 것이다. 비교 문학을 강의하며, 늘 쿠걸매스를 질투하던 피비쉬 컵카인드Fivish Kopkind 교수는 쿠걸매스가 플로

9) 〈마담 보바리, 그녀는 타자다〉, 〈비틀린 운명들〉, 앞의 책.
10) 같은 책.

베르의 소설에 등장해서 자신의 부인에게 알리겠다고 협박하는 인물과 동일 인물임을 단호하게 보여준다. 결국 기계는 고쳐지고, 엠마는 노르망디로 되돌아갈 수 있게 된다. 쿠걸매스는 더 이상 그런 일을 하지 않으리라고 맹세한다.

한편, 파트릭 므네Patrick Meunay는 〈마담 보바리, 발톱을 꺼내 보이다*Madame Bovary sort ses griffes*〉[11]같은 작품을 선보인다. 실비 모노Sylvie Monod는 〈마담 오메 *Madame Homais*〉[12]를 내놓고, 로라 그리말디Laura Grimaldi는 〈미스터 보바리*Monsieur Bovary*〉[13]같은 작품을 시도한다. 하지만 그 모든 다시쓰기 작품 중에서 가장 놀라운 작품은 아마도 레이몽 장Raymond Jean의 〈마드모아젤 보바리*Mademoiselle Bovary*〉[14]일 것이다. 그녀 역시, 현실과 픽션, 작가가 겪은 일과 작가가 창조해낸 소설적 창조물, 소설가의 전기와 작중 인물들의 변화를 교묘하게 교차시킨다. 우리는 플로베르가 엠마의 딸의 운명에 대해서 매우 신중했음을 기억하고 있다. 플로베르는 베르트의 운명을 간략하게 상기시키는 것으로 만족했다. "모든 것을 다 팔고 나니 12프랑 75상팀이 남아, 어린 보바리 양이 할머니한테 가는 여비로 썼다. 그 노부인도 같은 해에 죽었다. 루오Rouault 영감은 중풍에 걸렸기 때문에 친척 아주머니가 그녀를 맡았다. 그녀는 가난해서 생활비를 벌도록

11) 원탁La Table ronde, 파리, 1988.
12) 벨퐁Belfond, 파리, 1988.
13) 메탈리에Métalié, 파리, 1995.

베르트를 방직 공장에 보내 일을 시키고 있다."[15] 레이몽 장은 루앙에서 방직 공장의 여공이 된 베르트가 어느 날 나폴레옹 오메의 방문을 받는다고 상상한다. 지금은 사망한 약사 오메의 두 아들 중의 한 명인 나폴레옹은 그녀에게 〈마담 보바리〉 한 권을 선사한다. 그녀는 어머니의 생애와 과오를 기록해놓은 그 소설을 서둘러 탐독한다. 충격을 받고, 숨이 막힐 듯 격분한 그녀는 플로베르에게는 그럴 만한 권리가 없다는 것, 예를 들면 루앙의 마차나 호텔에서 보여준 자기 어머니의 불타는 욕정 같은 것까지 상기시킬 권리가 없다는 것을 말해주기 위해 세느 강변에 위치한 크루와세Croisset 저택으로 플로베르를 만나러 갈 결심을 한다. 일요일에 산책을 하고 토론을 하면서, 젊은 베르트는 노작가의

14) 악트 쉬드Actes Sud, 아를르Arles, 1991. 개작과 확대 적용 코너에서 이런 작품도 발견할 수 있다. "두 사범학교 학생이 쓴 아주 재미있는 단편소설인데, 어쨌든 아주 재치 있는 작가들인 것 같다. 그들은 일종의 셜록 홈스 같은 사람이 엠마의 의문사를 조사하러 온다고 상상한다. 그들은 엠마의 죽음이 자살로 위장된 타살이라는 것을 알아낸다. 엠마의 부정을 알게 된 샤를르가 엠마의 입에 독약을 부어넣은 것이다"(클로드 샤브롤Claude Chabrol, 〈엠마의 주변 Autour d'Emma〉, 아티에Hatier, 1991). 그와 동일한 발상으로 "제라르 쥬네트Gérard Genette의 짧은 모방 작품"도 인용할 수 있다. "플로베르를 모방하는 쥘르 르메트르Jules Lemaître식의 작품인데, 〈샤를르 보바리의 비밀Le secret de Charles Bovary〉이라는 제목이 붙어 있다. 겉으로는 늘 바보 같아 보이지만 샤를르는 제포스Geffosses 농장의 색녀인 건강한 시골 여자와 놀아나며 자기 부인을 속인다"(피에르 마르크 드 비아지Pierre-Marc de Biasi, 같은 책). 플로베르의 여주인공을 모방하고자 하는 모든 소설 속 인물들을 언급하지는 않겠다. 예를 들면 로제 그르니에Roger Grenier의 소설에 나오는 소녀는 엠마 보바리처럼 살려고 노력하며 리Ry에 되돌아온다. "대단히 정교하다. 그녀는 엠마인 동시에 델핀 들라마르Delphine Delamare(소설의 출처가 되었던 소송 사건의 "진짜" 엠마)이며 또 그녀 자신이기도 하다. 그녀와 다른 두 여자 사이의 차이가 엠마와 델핀 사이의 차이를 해명해준다"(클로드 샤브롤, 같은 책).
15) 〈마담 보바리〉에 관한 모든 인용은 1983년 프랑스 출판 연합Librairie générale française에서 베아트리스 디디에Béatrice Didier가 주석을 달아 펴낸 문고판 〈마담 보바리〉를 참조한다.

침대로 인도되고, 그렇게 해서 노작가는 새로운 젊음을 되찾는다. 카타르시스를 얻기 위해 소송 장면을 연극으로 만들어보기로 한다. 당연히 플로베르는 피고가 되고 베르트가 판사다. 하녀 펠리시테는 변호사로 승격하는 반면, 앵무새가 검사의 역할을 맡게 된다. 연극이 분위기를 순화시켜서 크루와세에는 행복이 깃든다. 하지만 불행하게도 어린 고아 베르트는 맡겨져 있던 생 뱅상 드 폴Saint-Vincent-de-Paul 공동체는 싼값의 노동자였던 이 여공을 내놓을 것을 요구한다. 플로베르는 너무도 나약하게 대응한다. 아마도, 작가란 자신의 소설 속의 여인들과 언젠가는 영원히 이별할 수밖에 없다는 것을 알고 있을 테니까. 이렇게 〈마담 보바리〉를 개작한 수많은 작품들의 대중적인 특징은 현실과 허구적인 것을 혼합하려는 욕망이라고 할 수 있다.

신화의 영속성

우리가 〈마담 보바리〉에서 멀어졌다고 생각할 수도 있으리라. 하지만 그렇지 않다. 〈보바리 부인의 화신들〉과 수많은 소설 다시 쓰기 안에서 우리는 절망과 욕구불만, 그리고 권태의 심리 구조와 형이상학을 다시 발견한다. 요컨대, 엠마는 한없이 다시 구현될 수 있고, 재공연될 수 있으며, 가능한, 그리고 상상할 수 없는 방법으로 변화될 수도 있다. 소설의 인물이 갖는 신화적 힘이 다른 이야기, 다른 시나리오, 다른 연극이나 영화로 각색될 수 있으며 또한 다른 글쓰기로 재구현될 수 있는 역량으로 측정된다는 사실에는 의심의 여지가 없다. 왜냐하면 이것이 바로 하나의 상징이 되는 고유명사의 역설이기 때문이다. 하나의 전형은 진정한 가소성plasticité을 가지는 동시에 자기 자신과 동일한 것으로 남아 있어야 한다. 생리학에서 가소성이란 상처를 입은 후에 세포 조직이 재생되는 속성을 말한다. 자신을 대상으로 한 각각의 문화적 조작을 거치면서도 자신의 모든 특징과 특수성이 온전히 남아 있어야 하는 인물-신화도 마찬가지다. 반복이 차이를 허락한다면 그 대신 차이는 구조를 강화해준다. 인물-신화는 무수한 변화를 통해서도 즉각 그것을 알아볼 수 있는 상태로 남아 있어야 하고, 자기 자신의 변화에 근거해서 자신의 영속성을 구축해야 한다. 인물-신화는 자기 자신에게 상당한 자유 재량의 여지를 남겨둠과 동시에 상상력에 엄격한 제약을 부가하는 역량으로 측정된다. 이런 의미에서, 소설 속 인물의 신화화는 항상 반의미contresens이자 변질이며, 모든 번역과 마찬가지로 배반인 동시에 상징적인 재현동화이다.

보바리즘 혹은 자신을 대타자로 인식하는 힘

〈마담 보바리〉가 우리를 계속해서 매혹시키는 것은, 소설이 우리들의 절망과 존재적 나약함을 대타자Autre에게 돌리도록 허락하고 조장하기 때문이다. 이런 의미에서 보바리 부인은 필연적으로 대타자다. 조롱이나 아이러니가 아니라고 한다면, 자기를 보바리 부인 같은 사람이라고 주장하는 것을 어느 누가 상상할 수 있겠는가? 엠마는 자신을 지지하라거나 동일시하라고 권유하지 않고 부정하라고 권유한다. "나는 보바리 같은 여자가 아니에요"라는 말은 다른 모든 여자들이 보바리 같은 여자라는 사실을 함축한다. 엠마 자신이 수많은 다른 여인들과 여주인공들을 닮고 싶어 했던 반면, 그녀는 사람들이 유독 닮고 싶어 하지 않는 그런 여자다. 이것이 바로 〈마담 보바리〉의 첫 번째 강력한 신화적 힘이다. 엠마는 우선 다른 사람을 돋보이게 하는 사람으로, 배출구로, 그리고 약물중독적 인물personnage-pharmakon로서 가치가 있다.

이런 의미에서, 소설 세계에서의 엠마는 사회에서의 소시민과 동일한 위치를 차지하고 있다. 정의에 따르면, 소시민 계층이란 언제나 대타자이기 때문이다.[16] 하지만 엠마가 이 점에서 대타자로 읽혀지고 수용되고 지명된다면, 그것은 바로 그녀 자신이 대타자이기를 그만두지 않기 때문이 아닌가? 실제로, 엠마의 신화는 거부되고 부정된 이타성과 갈망하지만 다다를 수 없는 이타성의 교차점에 위치한다.

정말, 엠마 보바리는 누구인가? 이 질문은 플로베르의 모든 인물들에게도 유효하다. 그녀에게 있어 인간의 본질적이고 정

---

16) 이 주제에 관해서는 알랭 뷔진느의 〈사회 미메시스, 소시민의 생리학 *Sociomimesis: physiologie du petit-bourgeois*〉을 볼 것, 〈낭만주의 Romantisme〉, 17-18호, 1977.

신적인 능력, 즉 "자기 자신을 자기가 아닌 다른 사람으로 이해하는, 인간이 부여받은 능력"[17]은 심각한 결함으로 변한다. 줄르 드 고티에는 그의 유명한 평론에서 인간의 특성을 인류의 보편적 구성 요소로 분석하는 가운데, 보바리즘을 다음과 같이 정의한다. 그리고 플로베르는 그러한 구성 요소들의 정확한 병리학적 해석을 보여주고 있다.

인격상의 결점, 그것이 바로 플로베르의 모든 인물들이 자기 자신이 아닌 다른 사람으로 자신을 이해하도록 결정짓는 첫 번째 요소이다. 어떤 정해진 캐릭터를 갖게 되면, 그들은 열광과 감탄, 흥미, 중대한 필연성에 의해서 다른 캐릭터를 받아들이게 된다. 하지만 그 인물들에게 이런 인격상의 결점은 항상 무력함을 동반한다. 그리고 자신들을 자기가 아닌 다른 사람으로 이해한다면, 자신들이 스스로에게 제안한 모델에 필적할 수 없게 된다. 그럼에도 불구하고, 자존심은 그들이 스스로 무력함을 고백할 수 없도록 방해한다. 자존심은 그들의 판단을 눈멀게 하고, 그들이 처음의 모델을 단념하고 자기 자신을 쫓아가는 입장에 놓이게 만들며, 그들의 눈앞에서 자신의 자아를 대체한 이미지와 자신을 동일시하게 만든다. 이러한 속임

17) 줄르 드 고티에, 〈보바리즘〉, 메르큐르 드 프랑스Mercure de France, 1921.

수를 돕기 위해서, 그들은 자신들이 되기로 마음먹은 인물로
부터 모방할 수 있는 모든 것을 모방한다. (……) 그렇게 해서
그들은 자신들의 에너지를 발휘할 수 있었을지도 모를 모든
행위들을 무시하고, 자신들이 받아들이고 감탄할 수 있었던,
하지만 그들이 복제해내지 못했던 그런 행동과 감정, 사고 양
식들에 애를 쓰는 것이다. 그 결과, 다다를 수 있는 목표에서
멀어지고, 불가능한 것을 향하여 자극받은 그들의 에너지는
전체가 무익한 노력으로 분산되고 무산되며, 실패하고 만다.
(……) 이 모든 인물들에게 상처를 입힌 아픔은 엄격한 평가
에 의해서 측정될 것이다. 그 아픔은 그들이 자발적으로 설정
해 놓은 목표와 타고난 소명이 자생적으로 그들에게 최면을
걸어놓은 목표 사이에서 생겨나는 간극에 따라 커져간다.[18]

〈감정 교육 *Éducation sentimentale*〉에서는 보잘것 없는 인
물들의 평범함이 그들로 하여금 진정 비극적이고 위험한 일을 시
도하지 못하도록 만드는 반면, 보바리 부인에게서는 그 모든 것
이 바뀐다. 그녀가 더 강력한 에너지를 소유하고 있기 때문이다.

따라서 그녀가 그녀 자신에 대해 갖고 있던 잘못된 개념은 전
혀 다른 결과들로 해석될 것이다. 마담 보바리는 그 강렬함으

18) 같은 책.

로 인하여 우스꽝스러움을 벗어난다. 그녀와 함께, 인성의 결함은 드라마의 한 요소가 된다. 자기 자신을 대체해놓은 상상 속의 인물을 섬기기 위해 그녀는 자신을 사로잡은 모든 열정을 다 사용한다. 자신이 되고 싶어 하는 것이 자기 자신이라고 스스로를 설득하기 위해 그녀는 보기에만 좋은 행동에 만족하지 않고 (……) 진정한 행위를 완수하고자 한다. 그런데 그녀는 픽션에 대해서만 타당한 방법들을 현실에서 시도한다.[19]

줄르 드 고티에의 논증에 따르면, 그녀가 자신에 대해 품고 있는 감정적 인식에 부응하기 위해 자기 자신의 감성과는 다른 감성을 만들어가는 그때부터, 그리고 그녀가 "호화로운 무대 장식과 소설에서 일어나는 우연한 일들을 통해서 사랑을 터무니없는 유일한 열정의 형태로 파악"하기 때문에, 그녀에게는 다음과 같은 것들이 필요할 것이다.

자기 자신의 감성을 위조한 후에, 그녀가 종속된 외적 상황들을 위조해야 할 것이다. 또한 자신의 감상적인 환상 속에서 중요한 역할을 맡기기로 한 인물들과 절친한 인물들을 위조해야

---

19) 같은 책.

할 것이다. 그런데 그녀가 실제로 자기 자신을 사냥감으로 쫓아가는 데 성공하는 반면, 그녀의 변신 능력은 외부 세계에까지 이르지 못하고, 그저 상황이 다른 것이 되도록 만들 수 있을 뿐이다.[20]

그렇지만 줄르 드 고티에에게 있어, 엠마가 극단적이고 병리학적인 보바리즘 환자로 보이는 것은 사실 자신을 타자로 이해하는 능력이 인류 행위에 필요한 한 가지 요소가 되기 때문이다. 지식과 진실의 탐구 역시 예외가 아니다. 왜냐하면,

요컨대 철학과 과학, 그리고 이해 방식의 보편성을 통해서, 인간은 자신이 도달할 수 없는 지역에 도착하는 능력이 있고, 자신이 결코 얻지 못할 앎을 소유할 능력이 있는 것으로 자신을 이해한다는 것, 그리고 자기 자신의 것이 아닌 목적을 위해서 태어났다고 자신을 이해한다는 것, 그의 운명과 그 스스로가 제안하는 운명 사이에 크나큰 차이가 있다는 것, 본질적으로 그의 가장 고귀한 행위 안에서 자신이 아닌 다른 사람으로 자신을 이해한다는 것을 인정해야 하기 때문이다.[21]

20) 같은 책.

그러므로 줄르 드 고티에는, 개인이나 집단이 보바리즘을
피해가지 못하는 성향이라든가 삶의 일반적 성향 중의 하나로,
역사와 이데올로기를 지배하는 현상으로 소개하는 데 총력을 기
울인다.

만족하지 못하는 능력은 인간의 속성임이 분명하다. 그것이야
말로 모든 종種과 인간을 구분 짓는 것이며, 이러한 특수한 기
질 때문에 다른 동물들은 환경의 조건에 적응해나가는 반면
인간은 자신의 주변 환경을 변화시킨다. (……) 따라서 이러
한 불만족의 능력은 모든 진보의 원인이자 축이며, 이제부터
보바리즘이 인류를 (……) 지배하는 것을 보게 될 것이다.[22]

그러므로 "보바리적인" 거짓 숙명과 보편성이 존재한다.
자기 자신을 타자로 받아들인다는 사실은 자기 자신에 대한 의식
을 가지고 있는 모든 존재에 내재하기 때문이다.

다른 사람이 된다는 것은 삶의 법칙이다. 그런데, 자기 자신에
게 활기를 넣어 주는 동시에, 존재를 재현해내는 형태를 구성

21) 같은 책.
22) 같은 책.

하는 삶을 의식하는 존재 안에서 이 법칙은 변화하고, 자기 자신을 타인으로 받아들이는 필연성이 된다.[23]

보바리즘만이, 자기 자신을 타자로 받아들이는 이 능력만이, 인간으로 하여금 진실을 추구하여 발전해나가게 해준다.

(……) 이런 제안의 확실성을 믿는다면, 그리고 한 주체에게 있어 그 어떤 지식의 상태가 하나의 대상에 대해서만 가능하다면, 그래서 살아 있는 모든 실체가 자기 자신의 위조라는 방법으로만 자기 자신을 의식한다면, 진실은 현상으로서의 삶에 설 자리를 잃게 된다는 것, 모든 사물들 사이의 절대적인 정체성으로서의 진실이라는 개념을 상상한다는 것이 불가능해진다는 것, 서로 혼동되고 자취를 감추게 되는, 그리고 모든 차이와 반영을 통해 모든 의식이 멈추게 되는 곳에 진실의 개념을 위치시킬 수 없다는 것이 자명해진다.[24]

요컨대, 줄르 드 고티에는 긍정적 오류로서의 보바리즘, 창조적 환상으로서의 보바리즘을 운동과 정지라는 원칙 사이의 타협, 분리와 결합이라는 원칙 사이의 타협으로서의 심리적이고

23) 같은 책.

객관적인 현실의 생산 양식으로 간주한다. 줄르 드 고티에에 의하면, 아마도 이러한 보바리즘의 "타자autre"는 현대 언어에서 '차이'라고 부르는 것일 게다.

따라서 줄르 드 고티에가 이론화한 것과 같은 보바리즘은 결국 명백한 적극성positivité으로 정의된다. 빅토르 스갈렝Victor Segalen도 〈이국 정서론 *Essai sur l'exotisme*〉을 집필하기 위해 모아두었던 노트 속에서 보바리적인 원칙의 부산물, 세계의 음산하고 치명적인 엔트로피(열량과 온도에 관계된 물질계의 상태를 나타내는 열역학적 양의 단위—역주), 일반화된 "자기화自己化, mêmification"를 거부할 수 있게 해주는 '다양성Divers'을 발견해낸다.

이국 정서는 보바리즘과 동일한 차원의 원칙이다. 그렇지만 보바리즘을 창조적 오류로 이해한다면 이국 정서는 보바리즘에 종속되는 부차적인 것이다. 영원한 보바리즘, 혹은 다양성을 통하여 존재를 창조해내고 다양성을 만들어내는 힘(나는 그것을 본래의 형이상학적 의무라고 말하겠다)은 이제 그것을 여러 가지 형태로 실행하는 가운데 다양성을 강조하는 것이 문제가 된다. 어쩌면 혈연관계일지도 모르는 이러한 본래의 인접성으로부터, 아직 내가 모르는 하나의 인접성, 즉 결과의 공동체가

24) 같은 책.

발생한다. 줄르 드 고티에가 보바리즘이나 창조적 오류에 대해서 말한 모든 것은 한마디도 빠짐없이 다양성에 적용될 수 있다.[25]

이 문제에 대해서는 다시 생각해보아야 할 것이다. 끊임없이 엠마를 괴롭히는, 타인이 되고자 하는 바람을 단순하고 순진한 소극성 négativité 안에 직접적으로 한정시킬 수는 없기 때문이다.

정당한 욕망의 여자인가, 불만의 여자인가?

엠마 보바리와 수많은 플로베르의 인물들에게 자리 잡고 있는 이타성—이것이야말로 그들이 가지고 있는 최고의 힘이며, 하나의 개념에 속하는 캐릭터 전체를 철학적으로 이해하는 놀라운 힘일 것이다—의 의지를 좀 더 잘 이해하기 위해서는 그들의 욕망이 자신들의 구조적 원칙에 있어 대단한 정확성을 띠고 있는 동시에 도달하고자 하는 결과에 있어 지극히 일반성을 띠고 있다는 것을 분명히 해둘 필요가 있다. 왜냐하면, 그들은 실제로 자기 자신이 아닌 타인이 되기를 모색하지만, 그러한 이타성의 정확한 본질은

25) 빅토르 스갈렝, 〈이국정서론-다양성의 미학 *Essai sur l'exotisme. Une esthétique du Divers*〉, 파타 모르가나 Fata Morgana, 1978.

대단히 모호하고 불분명하기 때문이다. 그들은 그 차이의 정확한 본질을 잘 이해하지 못하면서도 자기 자신이 달라지길 원한다. "모든 사람에게는 최면의 방식으로, 자기 자신을 다르게 받아들이도록 결정짓는 암시의 원칙이 있음을 발견하게 된다."[26] 사실, 엠마 보바리는 원래 감정적, 성적 불만족에서 시작하여 점차 일반적이고 전체적이며 형이상학적인, 대문자로 써야 옳을(그것이 일반적이고, 전체적이고, 형이상학적이므로) 불만의 차원으로 나아가게 되는, 실망과 환멸을 느끼는 여자다.

> (……) 그녀는 행복하지 않았고, 한 번도 행복해본 적이 없었다. 인생에 대한 이런 아쉬움은 대체 어디서 오는 것일까? 의지하는 모든 것이 한순간에 썩어 무너지고 마는 것은 대체 무슨 까닭일까? 그러나 만일 어디엔가 강하고 아름다운 한 존재, 열정과 세련미가 가득 배어 있는 용감한 성품이, 하프의 낭랑한 현을 퉁기며 하늘을 향해 축혼의 엘레지를 탄주하는 천사의 모습을 한 시인 같은 마음이 존재한다면 그녀라고 운 좋게 그를 찾아내지 못하라는 법이 있겠는가? 아! 턱도 없는 일! 사실 애써 찾아야 할 가치가 있는 것은 하나도 없다. 모두 다 거짓이다! 미소 뒤에는 권태의 하품이, 환희 뒤에는 저주

26) 줄르 드 고티에, 〈보바리즘〉, 앞의 책.

가, 쾌락 뒤에는 혐오가 숨어 있고 황홀한 키스가 끝나면 입술 위에는 오직 보다 더 큰 관능을 구하는 실현 불가능한 욕망이 남을 뿐이다.

르네 지라르René Girard는 오늘날 엠마의 신화적 힘을 가장 설득력 있게 설명해주는 〈낭만적 거짓과 소설적 진실*Mensonge romantique et vérité romanesque*〉을 쓸 때 줄르 드 고티에의 평론을 완벽하게 이해하고 있었다. 사실 르네 지라르는 마담 보바리가 완벽하게 "자기 자신에 의해 이루어지는 욕망과 반대되는 대타자에 의해 이루어지는 욕망"[27], 즉 주체가 욕망의 대상을 스스로 선택하는 것이 아니라, 선택된 모델, 다시 말해 욕망의 매개자가 자신에게 지정해주는 대상을 향해 돌진한다는 욕망의 법칙을 구현한다는 것을 잘 보여준다. "엠마 보바리는 그녀가 상상으로 가득 채워 놓은 소설의 여주인공들을 통하여 갈망한다. 그녀가 사춘기 시절에 탐독한 시시한 책들이 그녀에게서 모든 자발성을 파괴해 버렸다."[28]

그렇다고 해서 마담 보바리를, 자기 자신을 타자로 이해하려는 의지라는 과도한 병리학적 형태로 축소시키는 것은 지나

27) 〈낭만적 거짓과 소설적 진실〉, 파리, 그라세Grasset, 〈플뤼리엘Pluriel〉 시리즈, 1985.
28) 같은 책.

치게 단순한 소극성 쪽에 자리 잡는 것이 아닐까? 엠마 보바리의 적극적인 면을 모두 부정하는 것 또한 잘못이 아닐까? 무엇보다 그녀는 욕망의 존재이고, 그 점에 있어 생명력 가득한 에너지가 긍정적이고 의기양양하게 확인되지 않는가? 19세기 여성의 상황이 갖는 제약과 한계를 뛰어넘기 위한 독립의 의지가 아닌가? 엠마가 임신했을 때, 플로베르는 그 당시 노르망디 지방에서 한 여성이 자신의 욕망을 확인하고 맞아들일 가능성을 가지고 있지 않음을 강조하고 있다.

그녀는 아들을 갖고 싶었다. 튼튼한 갈색 머리의 아이였으면 했다. 이름은 조르주라고 지으리라. 이렇게 사내아이를 갖게 된다고 생각하니 마치 과거의 모든 무력감에 대하여 희망으로 앙갚음하는 느낌이었다. 남자로 태어나면 적어도 자유로울 수 있다. 온갖 정념의 세계, 온갖 나라를 두루 경험할 수 있을뿐 아니라 장애를 돌파하고 아무리 먼 행복이라 해도 붙잡을 수 있다. 그러나 여자는 끊임없이 금지와 마주친다. 무기력한 동시에 유순한 여자는 육체적으로 약하고 법률의 속박에 묶여 있다. 여자의 의지는 모자에 달린 베일 같아서 끈에 매여 있으면서도 사방에서 불어오는 바람에 펄럭거린다. 여자는 언제나 어떤 욕망에 이끌리지만 때로는 어떤 체면에 발목이 잡혀 있다.

이것이 바로 클로드 샤브롤Claude Chabrol이 자신의 영화에 대해 내리고 있는 해석이며, 특히 이자벨 위페르Isabelle Huppert가 자신이 맡은 역을 연기하는 시각이다.

엠마는 명석하기 때문에 좀 더 물질적이고 덜 소멸적이며, 더 큰 상처를 받았다. 나는 늘 "명석함이란 태양에 가장 가까워졌을 때 받는 상처다"라는 르네 샤르René Char의 말을 되뇌인다. 나는 이것이 마담 보바리에게 아주 잘 적용되는 구절이라고 생각한다. 또한 그녀는 더 긍정적이고 열정적이기도 하다.[29]

그리고 이자벨 위페르는 이렇게 덧붙인다.

나는 그녀를 탈脫보바리화했다고 생각합니다. 보바리즘은 불만족입니다. 나는 내가 만들어낸 마담 보바리는 그럴 만한 이유가 있는 불만의 여자라고 말하고 싶어요. 나는 손가락으로 건드리자 한순간 현실이 되어버린, 자신의 꿈을 위해 싸우는 그 누군가를 연기했어요. 그녀를 권태와 격리로 단순화시킬 수는 없어요. 그녀는 자기를 둘러싸고 있는 초라함을 의식하고 있고, 그것이야말로 끔찍한 일입니다. 그렇지만 그녀는 전적으로 여자의 욕망에 대해 굳게 닫혀 있는 시골 소시민 사회의 장벽과 맞섭니다.[30]

29) 〈리베라시옹Libération〉, 1991년 4월 4일 목요일.

　실제로 소설의 몇몇 순간에서 엠마가 여성의 쾌락과 남성에 대한 복수를 드러낸다는 것은 이론의 여지가 없다. 새벽녘에 라 위셰트La Huchette를 찾아 축축한 초원을 지나갈 때, 로돌프와 정사를 할 때, 광란의 마차가 "성행위baisades"의 리듬으로 루앙을 돌아다닐 때, 특히 불로뉴의 호텔 방에서 음란하게 자신을 레옹에게 내맡길 때 그렇다.

　그녀는 옷을 거칠게 확확 벗었고 가느다란 코르셋 끈을 마구 잡아 뜯었다. 그러면 옷은 허리에서 뱀처럼 쉭 하는 소리를 내며 미끄러져 떨어지는 것이었다. 그녀는 맨발인 채 발가락 끝으로 걸어가서 다시 한 번 문이 잠겨 있는지 확인하고 나서 입은 옷을 한꺼번에 몽땅 벗어던졌다. 그리고 창백해진 그녀는 아무 말 없이 심각한 표정으로 그의 가슴을 파고들어가 오랫동안 몸을 떨었다.

　하지만 이런 재활성화나 욕망의 강화는 레옹이 점점 자신을 실망시키는 것을 엠마가 알게 되는 순간에, 그리고 그녀가 더 이상 감탄할 만한 그 어느 것도 느끼지 않게 되었음을 인정하게 되는 순간에 개입한다. 이제 쾌락은 이성을 잃은 앞으로의 도주

30) 같은 책.

인 동시에 존재의 쇠퇴이며, 다가오는 종말의 첫 번째 증상이다. 그리고 레옹 자신도 "극한적인 그 무엇, 막연하고 불길한 그 무엇이" 그들 사이에 끼어들어 "마치 그들을 갈라놓으려 하는 듯"한 것을 느낀다.

타자의 욕망과 소외

엠마를 인물의 적극성이라는 의미로 해석하는 것, 너무나 남성적인 세상에서 여성들이 처한 상황의 완벽한 메타포로 보는 것, 과감하게 자신의 꿈을 이루어내려 하고, 남자들과 사회의 가슴 아픈 초라함에 대항해서 여자의 욕망을 주장하고 수용하는 능동적이고 전투적인 여주인공으로 보는 것, 영원한 감정과 접촉하는 "여성과 인류의 원형"으로 보는 것이 왜 불가능한가? 그것은 소설의 처음부터 끝까지 자기 자신과 동일한 마담 보바리라는 진정한 존재가 완전히 부재하기 때문이다. 그녀는 자신을 다르게 이해하는 존재일 뿐 아니라 무엇보다도 타자의 욕망이며, 상상력 혹은 타자의 픽션에 의거해서 자기 자신을 만들어나간다. 그녀의 변화는 특히 타인의 투사에 의한 소외다. 장 폴 사르트르Jean-Paul Sartre의 통찰력은 그 점을 잊지 않고 강조한다.

우리는 사실 외형상의 엠마(오브제)가 언제나 누군가의 타인임을 알아차리게 될 것이다(그녀가 권태로워할 때 그녀는 자기 자신을

'지겨워서s'ennuyant' 라고 묘사하며, 더욱이 화자는 자신의 권태의 경험을 그녀에게 전달하기 위해 창가에 앉아 있는 그녀를 자신으로 표현하기도 한다).[31]

루앙의 수녀원에서 받은 교육을 장황하게 늘어놓는 장면에서 이미 사람들은 엠마가 각기 다른 일련의 문학적 허구에 계속 밀착되는 것을 보게 된다. 그녀가 용빌에서 레옹 뒤퓌Léon Dupuis를 만날 때, 그녀는 자신의 모호한 낭만적 취향에 답하는 것으로 만족한다. 그러고 나서 그녀가 정숙한 여인이자 세심한 어머니의 역할을 하기 위해 레옹을 밀쳐낼 때는, 부부와 가정의 본보기로서의 의무에 복종한다. 로돌프의 정부情婦인 그녀는 세계의 이해할 수 없는 위대한 정열이라는 엉큼한 허구에 빠져들고, 부끄러움이란 불편한 것이라고 여기면서 그녀를 허물없이 대한다. 그러고 나서는 나긋나긋하면서도 타락한 그 무엇으로 만드는 애인의 변덕에 양순하게 복종한다. 샤를르에게 되돌아오면서 기형의 발을 가진 이폴리트Hippolyte의 수술을 본 그녀는 자기 남편이 유명하고 돈 많은 의사로 승격될 기회를 본다. 그녀는 그런 식으로 사회적 성공의 모습 속에서 자신을 만들어간다. 결국, 로돌프의 도망이 그녀를 너무나도 고통스럽게, 죽을 만큼 고통스

31) 장 폴 사르트르, 〈마담 보바리에 관한 소고Notes sur Madame Bovary〉, 〈활L'Arc〉, 플로베르, 1980.

럽게 만들 때 그녀는 기독교적 신앙심과 겸손에 순응한다. 그럼에도 불구하고, 레옹과의 관계는 점차 이런 장치를 벗어나는 것처럼 보이고, 여기에서 역할의 전도가 한 번 일어나는 것이 사실이다. 즉 레옹이 엠마의 정부情婦, 엠마의 여자가 되는 것이다. 레옹도 엠마가 자신에게 거두는 영속적인 승리에 대해 다소 겁을 먹는다. 매일매일 자신의 인격이 보바리 부인에 의해 점점 더 흡수되어가는 것을 느끼기 때문이다. 이번에는 그녀가 자신의 정부를 심판할 수 있게 되고, 더 이상 그에게 순응하지 않는다. 하지만 그들의 사랑은 그녀가 복종할 수 있는 이타성의 상실 속에서 치료할 수 없을 정도로 죽어간다. 엠마가 자살하게 되는 것은 그녀가 진 빚 때문이기도 하지만 무엇보다도 그녀가 더 이상 타자의 욕망 속에 들어갈 수 없게 되기 때문이기도 하다.

　　심리적으로 유순하고 수동적인 엠마는 결코 진정한 그녀 자신이 아니다. 그녀는 상상할 수 있는 모든 이타성에 복종한다(부바르Bouvard와 페퀴셰Pécuchet〔플로베르의 또 다른 작품 〈부바르와 페퀴셰〉의 주인공—역주〕가 모든 앎의 영역과 백과사전의 모든 장들을 섭렵하는 것과 마찬가지다. 플로베르 작품에는 언제나 카탈로그의 마력이 있기 때문이다). 3인칭 시점 소설이 언제나 "그녀를 갈망하는 다양한 시선을 통해 여주인공을 등장"[32]시키는 것은 우연이 아니다. 그러므로 마담 보바리는 근본적으로 자신의 육체 안에서 자기 자신과 숙명적으로 동일한 여배우로서 구체화되거나 구현될 수 없는, 종이와 잉크로 만들어진 존재로 남을 뿐이다(반면에 소설은 엠마의 신체적 변화에 대해 끊임없이 강조한다).

거의 눈에 드러나 보이지 않는 주제에 관한 책

영화를 촬영하는 내내, 그리고 모든 인터뷰에서 클로드 샤브롤은
줄곧 귀스타브 플로베르의 소설에 충실하려는 의지를 보였다.

> 〈마담 보바리〉를 영화화하는 데 지배적인 생각은 바로 절대적
> 으로 원작에 충실하겠다는 것이었다. "독서"에 관계된 것도 아
> 니고, 특별한 시각과 관계있는 것도 아니다. 어쩌면 조금 정신
> 나간 야심일지도 모르지만 플로베르가 구상해낸 그대로 이 영
> 화를 만들어내고 싶었다. 그러므로 "더 이상도 아니고, 다른
> 것도 아닌, 그리고 모든 것이 다 잘된다면 더 모자라는 것도
> 아닌, 귀스타브 플로베르의" 〈마담 보바리〉가 될 것이다.

> 그렇지만 이 경우에, 이러한 원작에의 충실성은 가장 최악
> 의 배반을 만들어내고 영화를 거대한 반의미로 만든다. 왜냐하면,
> 이미지화라는 것이 전적으로 불가능하기도 하거니와, 플로베르
> 의 경우에는 특히 복잡하기 때문이다. 책의 발행인이 그의 책에

32) 베아트리스 디디에Béatrice Didier, 〈마담 보바리〉 서론, 문고판Le Livre de Poche 시리즈.

삽화를 넣고자 하는 불쾌한 아이디어를 냈을 때, 특히 〈살람보〉같은 경우에, "분노의 아우성"이라고 불러야 마땅할 작가의 항의에 대해 생각해보면, 플로베르의 경우 작품의 영화화는 순전히 이야기의 단순한 설명에 그치고 말 것이라고 쉽게 짐작할 수 있다. 그런데 이 영화감독은 플로베르의 글쓰기가 "매우 비주얼하다"는 이유로 그 이야기의 삽화 차원에 머무르기를 원하는 것이다. 〈리베라시옹〉지의 기자가 정확히 지적했듯이,

> 영화는 〈19세기의 화려한 시간들〉이라는 제목의 회고전 보도 자료로 사용될 법한 골동품의 예쁜 이미지들로 이루어진 카탈로그, 가만히 바라보기에 기분 나쁘지 않은, 그러나 어쩔 수 없이 우리를 그 진열창 뒤에 남겨놓고야 마는, 정교하게 장식된 크리스마스 진열장을 만들어낸다.[33]

시각화(그 모든 이미지들이 관습적이고 전형화되어 있는 만큼 '가시화 épinalisation' [여기서 가시는 침針을 의미함—역주]라고 불러야 옳을 것이다)가 플로베르 픽션의 성격을 바꾸어버리는 것은 사실이다. "시각적 리얼리즘이 소설을 압도한다"[34]는 안느 드 가스페리Anne de Gasperi의 말은 정확하다. 영화적 이미지가 특히 지시성의 풍부

33) 리베라시옹, 1991년 4월 4일 목요일.

함이나 진실의 갈망을 통하여 '현재화'의 강력한 조작자가 되는 반면, 〈마담 보바리〉의 모든 제스처와 행동은 그것들을 거리를 두고 바라보게 만들고, 그것들을 부식시키고 무력하게 만드는 그들의 기억에 의해서 즉각적으로 배가된 것으로 보인다. 이런 면에서 무대장치와 의상에 관한 귀스타브 플로베르의 지시를 엄격하게 존중하려는 클로드 샤브롤의 모든 노력은 자신의 의지를 배반하고 만다. 그리고 그가 그 시대의 분위기를 재창조해내려고 노력하면 할수록 그는 소설에서 멀어지고 만다. 자기의 소설에 대한 플로베르의 그 유명한 메모를 여기서 다시 한번 상기해볼 필요가 있지 않을까?

내가 볼 때 아름답다고 여겨지는 것, 내가 만들고 싶은 것은 무無에 관한 한 권의 책, 외부 세계와의 접착점이 없는 한 권의 책이다. 마치 이 지구가 아무것에도 떠받쳐지지 않고 공중에 떠 있듯이 오직 스타일의 내재적 힘만으로 저 혼자 지탱되는 한 권의 책, 거의 아무런 주제도 없는, 아니 적어도 주제가 거의 눈에 드러나보이지 않는 한 권의 책 말이다. 그런 것이 가능하다면.[35]

34) 〈파리 매일Le Quotidien de Paris〉, 1991년 4월 3일 수요일.

결국 마담 보바리는 독자의 모든 욕망이 매달릴 수 있는
'비어 있음'을 만들어내는 만큼 더더욱 신화적이다.

35) 귀스타브 플로베르, 루이즈 콜레에게 보낸 편지, 1852년 1월 16일 금요일, 〈귀스타브 플로베르 작품집. 1850~1859 서간문〉, 신사 클럽, 파리, 1974, XIII권.

엠마의 성

장 벨멩 노엘Jean Bellemin-Noël

엠마 보바리는 언제나 역설적이다. 각각의 시대에, 각각의 독자에게 그녀는 자신에 대해 거의 사시斜視적이고 비뚤어진 이미지를 보여주면서 비스듬히 몸을 맡긴다. 사람들이 그녀에 대해 가지고 있다고 생각되는 모든 사고의 틀에 충격을 가하고 그것들을 뒤엎어버린다. 악마의 예와 마찬가지로, 겉으로 드러나는 그녀의 모습들은 다양하다. 그래서 그녀가 정말 여자인가를 때때로 물어왔고, 현재에도 묻고 있다. 혹은 그녀가 어느 정도까지 여자인지를 묻기도 한다.

　　"마담 보바리는 바로 나다"[1]라는 플로베르의 너무도 유명한 농담을 다시 언급할 필요도 없이, 그 시대의 독자들에게 그녀는 명백히 그렇게 불릴 만한 여자가 아니었다. 죽음을 선택한 방탕한 그녀의 삶으로 말미암아 그녀는 주변인이 되어버렸다. 다른 사람들이 그녀에게 히스테리라는 아주 편리한 꼬리표를 붙여주기 이전인 1857년부터 보들레르는 천재적인 영감으로 그녀에게서 "이상한 양성兩性"이라고 명명하기에 충분한 남성적인 자질을 찾아냈다. 세기의 전환기 무렵에 줄르 드 고티에에 의한 "보바리즘"의 활성화는 플로베르 자신의 농담에 "사과나무에서 오렌지를 찾는" 수많은 여자들에게 "공통된 병"을 상기시키는 극단적인 가치를 부여함으로써 그녀를 완벽하게 짓밟아버렸다(《루이즈 콜레에게》, 1852, 〈서간집〉, 라 플레이야드, II권, 80쪽). 결국 우리 시대는 시대를 사로잡는 여주인공의 이야기를 영화와 책을 통해 거북함 없이 맛보지 못하는 것이다. 사람들은 습관적으로, 그리고 전통적으로 일종의 사회적이고 정신적인 하나의 "경우cas"라고 인용한다. 반면, 현재 기준에 의하면 우리는 보바리 부인 안에서 영원한 여성상—이 표현은 더 이상 타당하지 않다. 사람들은 이제부터 그 어떤 신神도 더 이상 보장해주지 않는 것을 역사와 이데올로기에게 내준다—의 구현은 아닐지라도, 적어도 정상적인 여자라는 수용 가능한 전형을 찾아내야 할 것이다. 사실 우리는 오래전에 그녀가 유발시킨 혐오와 흥분을 이해하기 어렵다.

1) 이 말이 행해진 상황과 연결시키기에 앞서, 진지함으로 채워도 좋을, 그래서 전체— "(……) 마담 보바리는 바로 나를 본떠서 만든 나다"—를 인용하는 것이 좋을 농담(이것이 결국 의심쩍은 농담이라는 것을 우리는 알고 있다)이다. 작가는 자신의 소설에서 실마리(델핀 들라마르Delphine Delamare와 루이즈 프라디에Louise Pradier 사이의 엠마, 리Ry와 이브토Yvetot를 결합해서 만들어낸 용빌, 기타 등등)를 찾아내려는 사람들의 헛된 호기심과 미학적 오류에 찬물을 끼얹고 싶어 했다.

만일 사람들이 첫눈에 상상할 수 있는, 지나치게 단순하고 확인된 사실이 아닌, 다음과 같은 원칙에서 출발한다면, 그 모든 몰이해가 멈춰질 것이다. 사랑스러운 엠마는 여자도 아니고 남자도 아니며, 무엇보다도 '어머니가 아님non-mère' 이다. 그러므로 그녀는 성의 분배를 되돌아보게 하고, 어쩌면 이제는 쓸모가 없어진 나누기를 거부하게 하고, 그녀 자신이 동요시킨 현 상황에서 균형이 잡힌 양극화의 요건들을 재분배한다.[2] 일반적으로, 강조되지는 않았지만 그녀의 중요한 장점 중의 하나는, 사회가 수천 년 전부터 성공적으로 동화시켜놓은, 그러나 우리의 영혼 깊은 곳에서는 고집스럽고도 은밀하게 저항하면서 받아들여온 남성과 여성 사이의 자연적 경계의 근거들을 침식시킨다는 것이다.

지난 세기 중반에 독자들이 그녀를 알게 되었을 때, 엠마 보바리를 '반-여주인공anti-héroïne' 으로 보는 것에 일종의 합의가 이루어졌다. 인생의 우연이나 남성의 사악함 때문에 불행해지거나 경멸당하지 않기 위해서, 혹은 그런 상태에 남아 있지 않기 위해서 투쟁해야 하는 운명을 부여받은 수많은 여성 희생자의 이미지들이 문학에 나타난 이후 한 소설가는 갑자기 발자크가 〈결

---

2) 이미 보들레르는 지극히 개인적인 자신의 견해를 피력했다. "(……) 모든 여성 지식인들은 여성에게 그토록 대단한 힘을 부여하고, 순전히 동물적인 것으로부터 그렇게 멀리, 그리고 이상적인 남성과 아주 가깝게, 완벽한 존재를 이루어내는 계산과 몽상의 이중적인 성격을 나누어 가질 수 있게 만들어준 것에 대해 그(플로베르)에게 감사할 것이다."(《작품집》, 라 플레이야드, II권)

혼의 생리학*Physiologie du mariage*〉에서 웃으면서 발전시킬 수 있었던 것을 훨씬 넘어서 대담한 시도를 하게 된다. 자신의 농장에서 벗어나고자 하는 욕망 때문에 제일 먼저 온 남자를 남편으로 삼았고, 꿈꾸고자 하는 욕구 때문에 제일 먼저 나타난 애인의 목덜미에 매달리게 되었으며, 쾌락으로 인한 현기증 때문에 거짓말과 빚이 기다리고 있는 좋지 않은 일에 깊숙히 연루되었고, 결국에는 음독으로 그 모든 것에서 해방되는, 약간은 의식 있는 순진한 아가씨를 주역으로 채택하는 대담성을 가지고 있었던 것이다. 정서 불안, 간통한 여자, 자살한 여자, 이런 것들이 용서될 수 있었을까?

　　이런 각도에서 보면 이 줄거리는 여성성에 대한 질병이라고 말할 수 없는 어떤 일탈을 가리키고 있었다. 우리가 알다시피 성性, sexualité은 놀라운 유기 조직을 갖춘 사랑의 노예이자 애인이며, 가끔씩 악의 심연으로 빠져드는 연약하고 시적인 존재인 여성의 토대와 본질을 형성한다. 일상적으로 대부분의 여주인공들은 이런 류의 현기증을 피해간다. 하느님께 감사할 일이다. 이 여주인공들이 바로 우리에게 생명을 준 사람들이므로. 불운해서, 장난으로, 병이 들어, 어찌어찌해서 불행해진 여주인공들은 제쳐놓자. 엠마는 부인인가, 어머니인가, 아니면 그냥 엠마인가? 그녀는, 또 다른 반을 보장하기 위해 인류의 반의 고귀함을 단적으로 보여주고, 지탱하는 신성한 이름을 불명예스럽게 만들 것이다. 그렇다면 창녀인가? 하지만 정확하게 말해서 그녀는 자신의 매력과 열정으로 돈을 만들어낼 줄 몰랐기 때문에 죽는다. 그렇다면? 함정과도 같은 이런 견해들로부터 벗어나기 위해서는 한 시인의 직감과 예술가의 생의 경험, 천재적 관점의 자유로움과 깊이가 필요했다. 이런 류의 위선을 해결하는 데 전문가인 보들레르는, 그 위선들을 반대로 해석하기 위하여 사회적 관습과 예술의 측면에 동시에 자리잡고, 도덕의 영역을 벗어나 작품의 독창성과 위대함을 주저 없이 끄집어냈다. 한 창조자가 또 다른 창조자를 어떻게 읽을 줄 알게 되는지를 보여주는 것이다.

결국 그는 그녀가 진정한 여주인공이라고 선언한다. 왜냐하면 그녀를 그려낸 사람의 재능 덕택에 그녀가 아름답기 때문이고, 그녀의 작가가 남자라는 사실에 의해서, 그리고 그가 자신의 이미지를 본뜬 남자로 그녀를 만들어냈다는 사실로 그녀가 위대해지기 때문이다.

"나의 여주인공이 어떤 한 여주인공이 될 필요는 없다. 그녀가 충분히 아름답기만 하다면, 그녀가 야망과 우월한 세계를 향한 억제할 수 없는 갈망을 갖기만 한다면, 그녀는 재미있을 것이다. (……)" 전체적으로 힘든 일을 완성하기 위하여 작가에게 남은 선택은 자신의 성性을 벗어던지는 것밖에(가능하다면) 없었고 스스로를 여자로 만들 수밖에 없었다. 그 결과로 놀라운 인물이 생겨났다. 그것은 코미디언으로서 그가 가진 모든 열정에도 불구하고, 자신의 피조물의 혈관에 남자의 피를 쏟아 넣지 않을 수 없었다는 것이고, 그녀 안에 좀 더 단호하고 야심적이고 몽상가적인 그 무엇인가가 존재하게 하기 위하여 보바리 부인이 남자로 남아 있었다는 것이다.

오메식의 수사학적 효과로 딱딱해지고 비유에 의해 매우 무거워진 이 발표문의 단어들을 검토해보면, 우리는 단번에 불확실성 속으로 빠져든다. 그래서 보들레르는 플로베르가 자신의 성에서 벗어나 "스스로를 여자로 만드는 것"에 거의 성공했다고 적고 있다. 이상한 점은 자신의 자화상을 그리면서 완벽하게 여자였던 그가 자기 아이의 육체 안에 "남자의 피를 쏟아 부었는데", 그럼에도 불구하고 그 아이가 사람들이 예상했던 것처럼 "남자"가 되지 못했다는 것이다. 그녀는 남자로 "남아" 있었다. 왜냐하면 그녀가 결코 한 명의 남자가 되는 것을 멈추지 않았기 때문이다. "놀라운 인물"이라고 소리쳐야 할 것은 바로 이것이 아닐까? 어머니들이 아들과 딸을 똑같이 낳는다는 사실은 잘 알려져 있고, 또 행복한 일이 아닌가? 예술 작품의 완성을 임신에 비교하는 것은 흔한 일이지 않은가? 그 밑에서 무슨 일이 벌어지고 있을까? 걱정이 된다. 보들레르가 산문으로 글을 쓸 줄 모른다거나 혹은 비유의 거장인 이 시인이 자신이 사용한 진부한 문구들의 의미를 거의 느끼지 못했다고 노골적으로 주장해야 할까? 차라리 그의 무의식이 자기 자신보다 훨씬 더 많이 알고 있는 그의 펜을 인도했다고 하자.

　　사실 그는 그런 사실을 짐작했던 것 같다. "그녀는 거의 남성에 가깝고, 작가는 그녀를(어쩌면 무의식적으로) 모든 남성적 자질들로 도금했다고 내가 조금 전에 말했다." 그가 플로베르에게 적용한 표현은 또한 그 자신에게도 타당하다. 그 이유는 그가 수많은 증거들에 놀라면서 혹은 가짜 스캔들을 만들어내면서 그 남성성을 벗겨낼 때, 무엇인가가 "무의식적으로" 자신의 글쓰기에 영향을 미치고 자신의 글쓰기를 위태롭게 만들었기 때문이다. 하여튼 간에 이 짧고 환상적인 이야기 속에서 인물들의 물밑 대화를 보여주는 근본적인 혼란과, 은유적인 모성성 주위에 남성과 여성을 에워싸버리는 불분명함을 귀담아 간직하자. 자신의 가장 깊은 곳에는 이미 어린 소년이 형성되어 있는 반면 확실하게 어린 소녀를 분만하기 위해 스스로 여자로 변신해버린 이 남자의 이야기 속에는 아마도 귀 기울여야 할 그 무엇인가가 들어 있을 것이다.

　　이 논증을 따라가다 보면 또 다른 질문이 떠오른다. 보들레르에게 있어서 남자란 정확히 무엇인가? 우리는 그가 두 번에 걸쳐 한데 모아 놓은 세 가지 특징을 다시 사용하여 남자를 정의하고자 한다. 이 세 가지 특징은 우선 "힘" 또는 "에너지", 그리고 "야망", 마지막으로 "몽상가적 기질" 혹은 "우월한 세상을 향한 억제할 수 없는 갈망"을 소유한 존재의 윤곽을 그려내고 있다. 다시 말해 그 세상은 상상으로만 접근할 수 있고 그리고/혹은 상상으로부터 탄생한 비물질적인 세상이라는 그 상상력은 에드가 포에 따르면 우월한 인간이 가지는 지배적인 능력이다.

이 남성의 자질들은 조금 후에 다른 순서로 언급되고 철저하게 보충되어 확인을 얻게 될 것이다. "행동하기 위해 창조된 남성들을 특징짓는" 에너지란(남자들 모두가 본질적으로 그러한지 아니면 단지 운명에 의해 결정된 몇몇 남자들만 그러한 것인지는 명확하지 않다) 바로 "이성과 열정의 신비한 융합"이다. 에너지는 상상력과 어깨를 나란히 한다. 그것은 "심정이나 심정이라고 부르는 것으로 대체되어야만 하는데, 거기에서 이성이 일반적으로 배제되어 있다는 결론이 나온다." 에너지와 상상력이라는 두 개의 자질은 이성의 열정적인 동원을 요구한다는 점을 강조해두자. 이성은 조합의 의미, 강인한 의지와 대단한 명석함을 통합한다. 그리고 그것은 우리 모두 알고 있듯이 우리의 여성 동무들에게는 결여된 능력이다. 여자들은 모든 열정을 동정으로 증발시키거나 정반대로 "정열"을 감상感傷이라는 연극적 강렬함과 혼동하는 "심정coeur"에 종속되어 살아가고 또 죽는다. 그러나 엠마는 결코 그렇지 않다. 엠마는 진짜 남자들 특유의 활동적이고 상상력 있는 이성을 가지고 있다. 그녀의 종말은 그녀의 감정분출이 그녀를 완전히 눈멀게 하지 않았음을 보여줄 것이다.

그리고 또 조금 전에 거론했던 "야망"에 주석을 다는 것인데, 엠마는 유혹자다. 그녀는 본능적으로("모든 저속한 방법"에 의거해서라고 사람들은 말한다) 그리고 동시에 냉철하게 계산해서("의복, 향수 그리고 크림 같은 눈속임") 유혹한다. 그녀의 행동은 "세련된 멋과 지배의 배타적 사랑, 그 두 가지 단어"로 요약된다. 여자의 우월성은 당연히 자신이 유혹하는 사람의 자질에서 그 모든 대가를 끌어내는데, 재주라고는 조금도 없는 시골뜨기 샤르보바리 Charbovari 같은 남자는 항상 실망시킬 것이다. 불쌍한 이폴리트에게 물어보라. 엠마는 그녀보다 신분이 높은 사람을 절대 유혹하지 못하면서 할 수 있는 한 신분 높은 사람을 유혹하려 든다. 보비에사르Vaubyessard에서 그녀를 춤추게 해준 그 후작에게 접근할 수 없다는 것을 그녀는 단숨에 알아차렸다. 그녀의 유혹은 사회적 위치에 만족할 줄 모르는 그녀의 사랑의 요구에 대한 가능한 대답을 넘어서 사회적 상승이라는 꿈의 구현이다. 중요한 것은 그녀가 교활하게, 그리고 자기기만의 방식으로 남편과 정부들을 고르고 있다는 것이다. 본의였건 본의가 아니었건 간에 그녀가 누릴 수 있는 행동의 자유는 보통 이상이다.

더욱이, 보들레르가 자신의 영웅적인 여주인공을 비교하는 신화적, 민속적, 역사적인 인물들은 여자들 특유의 남성성이 존재한다는 것을 간접적으로 확인시켜준다. 엠마는 우선 "제우스의 머리에서 나온 무장한 팔라스Pallas 여신(팔라스는 아테나 여신의 별명이다. 어린시절 아테나의 친구로 함께 놀던 중 사고로 죽었다. 그녀를 기리기

3) 아마도 보들레르는 베르토의 큰 방 벽에 걸려 있는 어린 엠마의 그림을 떠올리는 듯하다. "미네르바의 머리를 검은색 연필로 그려서 황금빛 액자 속에 넣은 그림 한 점이 걸려 있었는데, 그 밑에는 고딕체 글씨로 〈사랑하는 아빠에게〉라고 쓰여 있었다." (우리가 참조하는 책. 〈마담 보바리〉, 클로딘 고토-메르쉬 펴냄, 가르니에 고전 시리즈, 보르다스, 1990).

위해 아테나는 나무로 조상을 만들고 거기에 그녀의 이름을 따 팔라디온이라는 이름을 붙였다—역주)"[3]이다. 다음에는 "무능한 대위와 짝이 된 귀여운 레이디 맥베스lady Macbeth(레이디 맥베스는 셰익스피어의 비극 〈맥베스 Macbeth〉의 주인공인 맥베스의 부인이다. 마녀로부터 왕이 될 것이라는 예언을 들은 맥베스를 부추겨 던컨Duncun 왕을 죽이게 한다. 나중에 스스로 목숨을 끊는다―역주) 같은" 여자다. 그러고 나서 그녀는 "비좁은 마을로 추방된 이상한 파시파에Pasiphaé"[4]의 모습으로 나타난다. 이런 식의 접근이 수간獸姦이라는 에로틱한 변태 성욕을 겨냥하는 것은 아니다. 그러나 신을 향해 열려진 감옥과 우리들이 살고 있는 땅을 상징하는 미로 같은 작은 마을에서 그것은 분명한 간통이다.[5] 결과적으로 사람들은 이렇게 말한다. 멧살리나Messaline(로마의 음탕한 황후—역주)의 이 현대판 종種은 "(……) 도청 소재지의 작은 카페나 선술집을 통하여 이상을 추구한다. 아무래도 좋다. 그것은 바로 카르팡트라Carpentras의 시저César다. 그녀는 이상을 추구한

---

4) 파시파에는 태양신의 딸로, 키르케Circé의 누이인 마법사다. 페드라의 어머니이기도 하다. 천륜에 어긋나게 크레타 섬의 황소와 사랑을 나누었지만, 마찬가지로 엄청난 바람을 피운 자신의 남편 미노스에게 주문을 걸 정도로 질투심을 키운다. 그녀는 남편의 몸에서 뱀과 전갈들이 나오게 만들어 남편의 애인들을 독살했다.
5) 그 증거로, 열 줄 정도 아래에서 보들레르는 황소라고밖에 할 수 없는 '몇몇 미노타우로스', 즉 오쟁이 진 남편들을 비웃는다! (미노타우로스는 인간의 몸에 소의 머리를 한 괴물로, 파시파에와 황소의 수간으로 태어났다. 또한 '오쟁이 진 남편'이라는 표현은 바람피운 아내를 데리고 사는 남편을 말한다. 원래 오쟁이는 짚으로 얼기설기 짠 일종의 자루 같은 것을 말하는데, 낱알이 작기로 유명한 삼씨를 그 오쟁이에 넣고 다니면 삼씨는 당연히 줄줄 새 나온다. 남들은 다 알고 있는 일을 본인만 모른다는 의미, 아내의 간통으로 남의 웃음거리가 된다는 뜻이 되기도 한다—역주)

다." 영광과 쇠락이라는.

　　간단하게 요약해보면, 우리는 그녀에게서 처녀 전사, 적의 아이들을 악착스럽게 추적하는 남자 같은 여자, 감정이 없는 여자, 결국에는 자신의 양자에 의해 살해되고 마는 땅에서 위대한 정복자의 경쟁자를 보게 된다. 명성을 제외하고는, 이런 유사성 속에 기운을 북돋아주는 대단한 요소는 없다. 이 네 인물 사이에 비슷한 점이 있다면 그것은 가정주부라는 전통적인 이미지—다정함, 부드러움, 다소곳함, 헌신, 가족의 안녕을 지키면서 종족을 영속시키기 위해 필요한 모든 것—를 연상시키는 것이 하나도 없다는 것이다. 반대로 이 인물들은 보들레르의 마음에 드는 예외적인 남자의 모든 특성을 보여준다. 빠르고 강하게 행동하는 능력, 무한대의 야망, 이상 속으로의 투사, 다시 말하자면 현재의 인류로부터 비열한 짐승들이 만족하고 있는 우발적인 사건들이나 비열한 행동들과는 거리가 먼 모든 특성들을 제시하고 있다.

　　하지만 이 글을 읽는 독자들은 천재 시인 보들레르가 왜 피상적인 독자이면서 환상에 사로잡힌 비평가가 아닐까 묻게 된다. 어떻게 해서 보들레르는, 그가 만들어서 보여준 가설적인 플로베르의 방식으로, 여자를 창조해내기 위해 그 자신이 "스스로 여자가 되는" 일에 실패하지 않았을까? 결과적으로 그는 우리에게 예쁜 매춘부의 옷을 입은 이상화된 남자만을 넘겨주는 것이다. 그러나 "이상한 양성"이라는 그의 표현은 모든 해설자들에게 강한 인상을 주었고, 그들은 끊임없이 그 표현을 참조했으며 그에게 존경을 표시했다. 비록 그들이 정확하게 그 배경을 설명하지 않더라도 그 시각의 정확성이 그들을 매료할 것이라고 믿어야만 할 것이다.

성실한 독자가 조금만 주의를 기울이면 보바리 부인이 어떤 면에서 남성의 자질들을 드러내는지 알아내고 지적할 수 있는데 과연 그것을 자세히 보여줄 필요가 있을까? 텍스트에서 그런 사실들이 여러 번 강조되어 있고, 명백히 드러나 있다. 그 명세표는 우리들이 그것을 재검토하는 것을 망설이기 오래전부터 만들어져 있었다. 우리 눈앞에 나타나자마자 그녀는 "마치 남자처럼 블라우스 단추 두 개 사이에 거북 껍질 테를 씌운 코안경을 걸치고 있다." 이것은 시골뜨기 샤를르에게 강한 인상을 주게 된다.[6] 레옹이 파리를 향해 떠난 다음 날 "그녀는 남자처럼 한쪽으로 가르마를 타서는 머리칼을 밑에서 말기도 했다." 그러고 나서 대경실색한 그녀의 남편 앞에서 그녀는 "큰 잔의 반이나 되는 독주"를 꿀꺽 들이마셨다. 한참 후에 로돌프의 집에서 그녀는 빗으로 머리를 빗으며 "면도용 거울" 속의 자신을 들여다볼 것이며 "가끔 나이트 테이블 위에 놓여 있는 커다란 파이프 물부리를 이 사이에 물어보기도 했다." 그녀는 "담배를 입에 문 채 로돌프와 함

---

6) 결혼식 다음 날, 다음과 같은 표현이 있다. "이튿날이 되자 그는 아주 딴사람 같아졌다. 어제까지 처녀는 오히려 샤를르였다고 여겨질 지경이었고 반면에 신부 쪽에서는 무엇이건 이렇다 할 낌새를 전혀 드러내보이지 않았다."

께 산책하는 지각없는 행동까지도" 하게 될 것이고, "남자처럼 가슴이 꽉 조이는 조끼를 입고 제비(마차의 이름-역주)에서 내리는 것"을 보게 될 것이다. 그리고 참극이 있기 전날, 루앙에서의 마지막 밤, 그녀는 남자 복장을 하고 사순절 셋째 주 일요일의 가면 무도회에 간다. "그녀는 비로드 바지에 빨간 양말을 신고 쪽찐 가발에 작은 삼각 모자[7]를 비스듬히 썼다." 마치 오늘날의 부르주아가 청바지와 점퍼를 입고, 장화를 신고, 가죽 모자를 쓴 것과 비슷하다. 그리고 레옹이 무기력하고 연약하며 수동적인 탓으로 그의 신체적인 외모, 태도, 기질[8] 속에 가지고 있지 않은 모든 남성성을 그의 파트너가 담당할 수밖에 없다고 사람들은 끊임없이 반복한다. "그는 남자답지 못했고, 약하고, 진부한 데다가 여자보다 더 무기력하고, 게다가 인색하고 겁이 많았다."

우리는 책의 3부가 여자처럼 되어버린 정부情婦를 거느린 남성적인 엠마를 보여준다는 것에 어느 누구도 이의를 제기하지 않는다고 반박해야 할지도 모른다. 플로베르가 상황을 그렇게 구상했고, 시나리오가 그 점을 아주 명백하게 보여준다. 하지만 로돌프에 대해서도 마찬가지인가? 자신의 여주인공에게 바지를 입는 역할까지 포함해서, 정열에 빠진 여자가 전통적으로 맡게 되는 모든 역할에 지나칠 정도로 몰두하는 성향이 있음을 좀 더 잘

---

7) 납작한 삼각 모자로, 주둥이가 세 개 달린 석유 램프 형태와 같다.
8) 예를 들면, "그녀가 그의 정부라기보다 그가 그녀의 정부가 되었다."

드러내기 위해 작가는 두 가지 유형의 남성을 체계적인 방법으로 대립시키는 것이 아닐까? 책의 2부 전체에서 그녀는 자신의 첫 번째 정부에 대해서는 자신의 환상을 음탕하게 알려주는[9], 제멋대로이지만 순종적이고 유순한 정부였지 않은가? 부정할 수 없다. 그렇지만 그녀를 주인 앞에 선 노예, 완전히 수동적이고 주도권을 쥘 수 없는, 여성의 규범에 순종하는 존재로 만들 수는 없다. 피를 뽑아야 하는 일이 일어났을 때, 두 사람의 첫 만남에서부터 그것은 명백했다. "사람들이 실신에 대해 잠시 이야기했다. 보바리 부인은 한 번도 기절해본 적이 없다고 했다. '여자분으로서는 놀라운 일이군요!' 라고 불랑제Boulanger 씨가 말했다." 게다가 그녀는 저항할 줄도 알고 자기를 이해시킬 줄도 안다. 그는 싫든 좋든 간에 다른 어떤 것보다 "전제적이고 매우 성가신" 그 여자의 변덕을 겪기 시작하여 결국은 받아들이게 된다. 어느 날 그는 아주 비꼬는 말투로 "그럼 내가 숫총각이라고 믿었나?"라고 항의하게 될 것이다. 이 말은 원칙적으로 (왜냐하면 모든 농담 속에는 일말의 속마음이 드러나기 때문에) 숫총각인 그를 "잡아먹었던" 사람이 그녀이고, 동시에 그녀가 처녀성을 빼앗는다고 하는 전형적인 남성적 환상을 품을 수도 있다는 것을 보여준다. 기억하다시피, 파리로 떠나려는 계획에 사로잡혀 있는 그녀에게 어린애를 데리

9) "그는 일체의 부끄러움이란 거추장스러운 것이라고 생각했다."

고 가야 한다는 사실을 상기시켜주는 사람 또한 그 남자여야만 할 것이다.[10] 그의 말처럼, 멈추지 않는 그녀의 목가적 꿈과 환상적 소유욕에 결부된 그 "귀여운 여자"의 결심이 그녀의 도주에 영향을 끼칠 것이다. 그는 자신이 강력한 상대를 대하고 있다고 짐작하고 있기에[11], 더 이상 상황을 통제하지 못하게 될 것을 두려워하기에, 그녀를 과소평가하지 않는다.

　　다른 방식으로, 즉 언제나 재빨리 환상에 빠져드는 우리의 시각에서 보자면, 엠마는 좀 더 은밀하지만, 그렇다고 느껴지지 않는 것은 아닌 남성성의 자국들을 드러낸다. 예를 들어 그녀의 양산을 관찰해보자. 롤레Rolet 아줌마 집에서 엠마가 처음으로 레옹과 함께 산책하는 장면에 대한 레이몽드 드브레쥬네트 Raymonde Debray Genette의 분석에 의하면, 그 양산은 "엠마의 육체가 예민하게 늘어난 부분"[12]으로 제시된다. 그녀는 자기도 모르는 사이에 충족되지 않고 인정받지 못하는, 실제로 실현될 수 없는 욕망들을 그 양산으로 확연히 드러내보이고, 그 욕망의 여파로 이미 그녀의 수동성은 변질된다. 그들의 걸음이 느려지게

---

10) 순리를 일깨워주는 이 말을 엠마는 어떻게 받아들이는가? "그녀는 잠시 생각하더니 대답했다. —할 수 없죠. 데리고 가요!"

11) 그는 첫날부터 그것을 알아차렸다. "가엾은 여자! 도마 위의 잉어가 물을 그리워하듯 조것은 사랑이 그리워 입을 딱딱 벌리며 하품을 하는 거야. 서너 마디 달콤한 말만 걸어주면 틀림없이 홀딱 반할걸! 고거 삼삼하겠는데! 매력적이야! 그래, 그렇지만 나중에 어떻게 떼버리지?" 탐욕스러운 입의 하품을 주시하도록 만드는 은유와 맞물리면서, 엠마를 남성적 물고기에 비유해 남성화하고 있는 이 구절을 음미하도록 하자. 엠마 같은 여자를 떠난다는 것, 그 육신을 떼어낸다는 것은 새우를 너무 많이 먹어서 뚱뚱해진 옛날 애인 비르지니Virginie 같은 여자를 놓아주는 것보다 훨씬 까다로운 일이다.

만들고 산책을 방해하는, 둘 중 어느 누구도 원하지 않는 귀가를 지연시키는 그 도구가 길가의 덤불 속에 "걸리고 만다." 우리는 (그리고 우리가 듣다시피) 조금 후에 "잔디 위에 앉아 그녀는 양산 끝으로 잔디를 콕콕 찌르면서 마음속으로 되풀이했다. '맙소사, 내가 어쩌자고 결혼을 했던가?[13]'" 라는 그녀를 보고 또 듣는다. 자신이 제기한 질문에 대한 솔직한 대답이 가져다줄 실망스럽고 확실한 사실을 그 제스처가 대신하고 있다.

성적 도발이라는 이 무의식적 욕구는 훗날 루앙에서, 그녀의 성급한 유혹을 알아챌 줄도 해석할 줄도 모르는 레옹 같은 사람 앞에서 강조되고 더 정확해질 것이다. "그녀는 자기 실내화의 작은 꽃무늬를 물끄러미 바라보면서 이따금 그 비단 천 속에서 발가락을 까닥까닥 움직이고 있었다." 계속해서 말을 하는 대

12) 〈이야기의 변신 *Métamorphoses du récit*〉, 〈시학 *Poétique*〉, 쇠이유, 1988. 초고에서 "보바리의 에로틱한 면"을 소개하면서 레이몽드 드브레쥬네트는 플로베르가 유모의 집에서 돌아오는 장면을 쓰면서 지팡이로 시든 꽃을 치워버리는 성직자를 계속 보여주고 있다고 설명한다. 그러고 나서는 두 명이 함께 키 작은 나무들을 가볍게 건드리고, 그런 후 엠마 혼자서 그 나무들을 스치고 지나가며 "야생 참으아리 장식이 된 양산을 들고" 있는 엠마를 보여준다. 완성판에서 이 꽃들이 비단천의 "가장자리 술에 엉킨다." 잎의 일부가 뜯겨나가는 것을 암시함으로써 양산이 "유혹의 무기"로 변화하는 것이다. 그보다 조금 앞에서는 "자신의 엉덩이 사이에서 살랑거리는 치마의 스침"(이것은 벌써 애무다)을 묘사하고 있는 것을 보면, 그리고 여기서 대신 쓰이고 있는 것이 레옹의 지팡이인 점을 감안하면, 휘두르지 않고 활짝 펼쳐 든 양산은, 비평가의 주석 속에서 "축 늘어져 있는 부분"이라는 단어 자체가 표현하고 나타내는 남성성을 엿보게 한다.
13) 남자들의 펜싱을 은유하는 이 제스처는 로돌프에게서 다시 볼 수 있다. "좋아, 꼭 가져버리겠어! 하고 그는 지팡이로 눈앞의 흙더미를 콱 찌르면서 외쳤다." 눈에 좀 덜 드러나 보이기는 하지만 이것은 상처한 샤를르를 위로하는 루오 영감의 말에서도 이미 나타나 있다. "지금쯤 다른 사람들은 귀여운 마누라를 꼭 껴안고 있으려니 하고 생각하면서 나는 몽둥이로 땅바닥을 쾅쾅 쳤어요." 이 보다 더 좋은 말이 어디 있는가!

신 욕망에 떨리는 발가락으로 자극을 받은 그 조그만 꽃들이 요구하는 것을 통해 그가 자극받기를 바라면서 말이다! 만약 후기 프로이트 시대에 레리스Leiris나 로브 그리예Robbe-Grillet 같은 사람이 이와 같은 문장을 썼다면, 사람들은 이것이 암시적이고 계산적인 은유에 관계된 것이라고 단언할 것이다.

발을 비꼬는 것보다는 차라리 엠마가 상반신을 사용하는 것을 다시 한 번 살펴보자. 엠마가 떨리는 손으로 샤를르에게 처음으로 내밀었던 물건은, 불쌍한 샤를르가 떨어뜨렸던 채찍이다. 샤를르가 떨어뜨린 것을 그녀가 주운 것이다. "그녀는 온통 얼굴이 빨개진 채 몸을 일으키더니 그에게 채찍을 내주면서 어깨 너머로 그를 쳐다보았다." 그 태도에서 '상징적인'[14] 효과가 드러난다. 비평가를 주눅 들게 하는 멋진 솜씨로 〈가문의 백치 *Idiot de la famille*〉에서 분석된 그 유명한 마차 안에서의 성행위 장면—그 장면은 루앙 성당의 첨탑에서 시작하여 움직이는 알코브 alcôve(벽면을 움푹하게 만들어서 침대를 들여놓는 곳—역주) 바닥으로 완성되는 대담한 은유로 시작된다—의 마지막 부분에서 우리는 장 폴 사르트르가 간과해버린 디테일 한 가지를 지적하고자 한다.[15] 종잇조각이 되어버린 묵은 편지를 바람에 내던지기 위해 문밖으로 내비치는 여인의 팔을 보는 것은 달아오른 복부에다 자신의

---

14) 이것은 엠마가 로돌프에게 "손잡이 끝을 도금한" 채찍을 선물할 때 뚜렷이 드러난다.

하얀 액을 뿌리는 음경을 보는 것과 같다.[16] "장갑을 벗은 손 하나가 노란 천으로 된 작은 커튼 아래로 나오더니 조각조각 찢은 종이 조각들을 내던졌다. 그 종잇조각들은 바람에 흩어져 마치 하얀 나비 떼처럼 멀리 지천으로 피어 있는 빨간 클로버 꽃밭 위로 떨어졌다." 이런 유의 증거를 여러 개 댈 수 있을 것이다. 결과적으로 무의식이라는 시각으로 볼 때 마담 보바리는, 정신분석 이론에서 고추 달린 여자la femme-au-pénis라고 부르는 놀라운 인물과 매우 닮아 있다.[17]

좀 더 명백하게 하기 위해 또 다른 길을 가보자. 우리의 엠마가 소설의 모든 주인공과 마찬가지로, 플로베르의 의식적인

---

15) 〈가문의 백치〉, 〈NRF〉, 갈리마르, 1971. 작가가 루앙에서 "성행위"라고 부르는 것에 대한 기나긴 다시 읽기가 등장하는 것은 제 2권이다. 하지만 1권에서 이미 사르트르가 르르 Leleu가 펴낸 초고에 근거해서 레옹의 여성성으로까지 나아가고 있다는 점이 우리의 흥미를 끈다. 사르트르는 다음과 같은 스케치를 인용한다. "엠마는 자기 혼자서만 그것을 맛보았다. (……) 그녀는 적극적이었고 강압적이기도 했지만 교태를 부리기도 했다. 그녀는 자신의 개인적인 훈련으로부터 본능적으로 나오거나 아무 생각 없이 나오는 기교를 가지고 그를 흥분시켰고 그를 이끌었다. (……) 영혼을 육체 안으로 끌고 들어가고, 자신을 집어삼키는 음란함으로 마술을 거는 기교를 그녀는 도대체 어디에서 배웠을까? 어느 날 그녀는 그가 블라우스를 쓰다듬다가 블라우스 후크에 손가락을 다치자 그 손가락을 입에 넣고 피를 빨아준다. (……)" 여기서 그는 이런 질문을 제기한다. "엠마는 레옹의 사랑을 '맛보는' 것인가 아니면 레옹 그 자신을 맛보는 것인가? (……) 식인 풍습cannibalisme은 성적 소유의 마지막 단계다. 그리고 여기서 먹는 쪽은 여자, 즉 사마귀이고, 먹히는 쪽은 남자다." 마찬가지로, 진짜 남자인 로돌프의 손 안에서 "그녀는 정신이 멍해지고, (……) 먹이가 된다. 그녀가 레옹과 사랑을 나눌 때 사냥꾼은 그녀다. (……) 그녀는 수컷처럼 '난폭하게' 옷을 벗는다".
16) 비록 다른 관심사를 위해 해둔 지적이기는 하지만, 나오미 쇼르Naomi Schor(〈제한된 주제 비평을 위해서. 마담 보바리의 글쓰기, 말, 그리고 차이 *Pour une thématique restreinte. Écriture, parole et différence dans Madame Bovary*〉, 〈문학〉, 22호, 1976년 봄)는 이 소설에서 거세에 중점을 두고 있을 뿐 아니라 문밖으로 뿌려지는 종이 조각들에 관해서 "편지의 행복한 형태는 바로 편지-정액"이라고 느끼고 있음을 지적해두고자 한다.

계획[18]이 어떤 것이든 간에—픽션과 스타일 같은 텍스트의 기초가 되고 문학적 품위를 보장해주는 중심 개념을 최고로 진보시킨 사람이라고 주장해보자. 요컨대, 보바리 부인의 성으로부터, 이렇게 말해도 될지 모르겠지만, 〈마담 보바리〉라는 책의 성으로 넘어가보자.

다른 무엇보다도 배경과 독자들의 무의식에서만 느껴지는 것을 상기시킴으로써, 그리고 또 거의 눈에 드러나지 않거나 잘 은닉된 차원으로 넘어감으로써, 앞선 모든 관찰들을 보충할 수 있을 것이다. 플로베르는 인물의 일반적인 성격이나 순간의 감정을 그 인물의 시각에서 묘사하는 기쁨에 아주 열중해 있기 때문에, 엠마의 초상화나 그녀의 전기는 단지 그녀가 살고 있거나 지나가는 경치에 대한 영감을 통해서만 그려지고 쓰일 수 있을 것이다.[19] 그녀를 둘러싼 세상을 그린 그림들은 그녀를 그려낸 그림보다 우리에게 정보를 더 적게 준다. 그녀는 그 그림들 속에

---

17) 피터 브룩스Peter Brooks(〈가시적 영역의 육체*Le corps dans le champ visuel*〉 〈문학〉, 90호, 1993년 봄)는 엠마의 육체가 죽어 시체가 되었을 때에만 전체적으로 보이는 것을 언급하면서 "남근을 가진 어머니라는 유아적 개념은 탐색하는 시선을 통하여 타자의 육신을 모두 알게 되는 것이 불가능함을 상징한다"는 점을 상기시킨다. 이것은 우리들이 종종 망각하고 있는, 어머니의 성은 눈에 드러나보이지 않는다는 사실을 강조한다. 그녀의 음경은(팔다리는 당연히 있는 것이므로) 태어날 때부터 젖가슴처럼/과 함께 몸 안에 있다. 그리고 그것은 역설적으로, 의심할 만한 것(불가사의하기 때문에 불안을 불러일으킨다)인 동시에 이론의 여지가 없기도 하다(내쫓을 수 없으므로 따라서 최고의 권한을 가진다). 왕홀王忽, sceptre과 유령 spectre이 엑스선 촬영기의 축에서 만나는 것이다.
18) 이것에 관해서는 쟈크 네프Jacques Neefs의 짧은 책 〈플로베르의 마담 보바리〉(〈비평 문고Poche-Critique〉 시리즈, 아셰트Hachette, 1972)에 전개되어 있는 내용 참조.

서 자신을 그려나간다.

　　　　남성의 위치에 선 우리의 여자 주인공이 여기에 또 있다. 새벽에 그녀는 로돌프의 집으로 가 그를 놀래주려고 한다. 그리고 커다란 저택은 남자를 기다리는 여자처럼 그녀의 갑작스런 침입에 문을 열어준다.[20] "농장의 뜰을 지나자 저택으로 짐작되는 본채가 있었다. 가까이 다가간 그녀는 마치 벽이 저절로 열리기나 한 것처럼 안으로 들어갔다. 똑바로 난 큰 층계가 복도 쪽으로 통해 있었다"—그 계단이 여러 가지 사건들을 만들어낸다는 것을 인정해야 할 것이다. 또 다른 순간에, 기묘한 남성적 형상을 달(아마도 엠마 자신의 이미지일 것이다)에 투사하면서, 엠마는 달과 연결된 전통적인 가치들을 뒤집어버린다. 어느 날 저녁, 그녀가 로돌프와 산책을 하는 동안 세상은 아주 특이한 방식으로 에로틱해진다.

19) 이러한 여정은 클로딘 고토-메르쉬가 〈마담 보바리의 얼굴 묘사La description des visages dans Madame Bovary〉(〈문학〉, 15호, 1974년 10월호)를 연구할 때 따라간 여정과는 반대 방향으로 나아간다. 빛의 영향에 따라서 "황금빛 두 뺨의 솜털 사이에 서 있는", "그늘진 부분은 까맣고, 빛을 받은 부분은 짙푸른 색이 되는" 자기 아내의 눈에 황홀해진 샤를르를 보여주고, 작가가 "그녀를 푸른 눈의 금발로 표현해줄 만큼 아주 가까이" 있으며, "그 초상화는 그 어떤 지시 대상을 가지는 것이 아니라 순전히 가치체계를 지시한다"라고 결론 내릴 때, 그녀는 인물 전체의 인상의 디테일을 확대시키는 것이라고 볼 수 있다. 반면에 나는 엠마의 영혼의 한 측면을 그녀에게 집중시키기 위해서 광대한 풍경에서 출발해보고 싶다. 다음과 같은 문구에서 이미 두 가지 방식이 동시에 계획된 것으로 보인다. "레옹은 흘깃 곁눈으로 그녀의 얼굴빛을 살폈다. 그것은 마치 한 차례 바람이 구름을 걷어간 하늘과도 같았다. 무겁게 드리워졌던 슬픈 생각들이 그녀의 푸른 두 눈에서 말끔히 사라져가는 것 같았다. 얼굴 전체가 환하게 빛났다." 그 눈은 여름날의 하늘처럼 행복감에 젖어 푸른빛이 되었지만 그것은 또한 희망의 은밀한 푸른빛(때로는 어리석음이 깃들어 있는 푸르스름한 빛깔)이기도 하다.

아주 둥글고 불그레한 달이 목초지 저편의 지평선에 솟아오르고 있었다. 달은 빨리 솟았다. (……) 이번에는 속력을 늦추면서 시냇물 위에 무수한 별을 뿌린 것처럼 커다란 반점을 떨어뜨렸다. 그 은빛 광채는 마치 빛나는 비늘로 덮인 머리 없는 뱀처럼 물속 깊은 곳까지 몸을 뒤틀며 들어가고 있었다. 그것은 또 어떤 괴물 같은 샹들리에에서 다이아몬드를 녹인 물방울들이 뚝뚝 떨어져 내려오는 것 같기도 했다.

흔히 인용되는 이 구절을 잠시 살펴보자.[21] 달이 빨리 솟아오르는 것을 빛나는 섬광들의 오르가슴적인 분출과 결합시키고, 빛나는 촛농들로 덮인 양초를 세워 놓은 형상과 전통적이고 상징적인 뱀의 이미지(이미 이브와 그의 사과 이야기 이래로 널리 알려진)를 결합하는 시각 안에 남성적인 것이 있다는 것을 느끼기 위해 프로이트 학설을 엄청나게 잘 알아야 할 필요는 전혀 없다. 이 배경은 쾌락이라는 은밀한 열쇠를 가진 감상적인 성격을 보여준다.

똑같이 베일에 싸인 비유가 결말 부분에 다시 나타난다. 엠마는 옛 애인이 자신을 구원할 수 있는 돈을 마련해줄 것이라는 어리석은 희망을 안고 마지막으로 라 위셰트를 방문한다.

20) 혹은(다시 말해서 동시에라는 뜻이 된다. 왜냐하면 여기에 양립불가능성은 없기 때문이다) 그녀는 우리가 책을 읽으면서 그렇게 되듯이 무의식적으로 거꾸로 된 출생의 순간을 보았다. 페렌치Ferenczi가 "망망대해의 광활함"이라고 명명한 낙원의 평화 같은 감정을 즐기면서 그곳에 거주하는 것이 아니라 남성 성기가 어머니의 젖가슴을 파고드는 것이라고 강조해두자.

그녀는 덤불숲과 나무들 그리고 등심초와 저편의 저택이 낯익
었다. 그녀는 처음 느꼈던 사랑의 감각들이 되살아나는 것을
느꼈다. 그리고 짓눌려 있던 그녀의 가련한 마음이 다시 요염
하게 한껏 부풀어 올랐다. 한 줄기 다사로운 바람이 얼굴을 스
쳐갔다. 눈 녹은 물이 움트는 풀 싹에서 똑똑 떨어지고 있었
다. (……) 그녀는 두 줄의 무성한 보리수 울타리로 에워싸인
마당에 이르렀다. 나무들이 바람 소리를 내며 긴 가지를 흔들
었다.

바람에 흩어지는 낙엽더미에 걸려 비틀거리면서 그녀는 가로
수 늘어선 길을 되걸어 나왔다.

상징적인 순간이다. 부드러운 감정의 알주머니 속에서 압
축과 팽창이 교대로 일어나서 관능적인 흥분의 이미지를 연상시

---

21) 장 피에르 리샤르Jean-Pierre Richard는 〈문학과 감각 *Littérature et sensation*〉(〈살아 있
는 돌Pierres vives〉 시리즈, 쇠이유, 1954)에서 "투명한 식탁보 안에서 헤엄치는" 물고기와
"플로베르에게 있어 매우 자주 욕망의 굴곡을 상징하고 물결의 파동을 흉내 내는 뱀의 형제"
라는 관능성의 모델에 대해 자세히 적고 있다. 사지가 잘려 나간 짐승의 비늘로 덮인 거친 촉
감보다는 액체의 부드러움에 더 민감한 리샤르는 이 복합적인 이미지에서 "뱀, 강물 속의 강
물"이라고 덧붙이고 있다. 다른 곳에서는 "포화 상태, 팽창, 욕망에 빠져들기 전의 정지, '물
방울'은 존재의 이 모든 상황과 지면으로의 착륙, 펼쳐져 있는 쾌락의 무게"를 표현하기 위해
서 "괴물 같은 큰 촛대"라는 두 번째 메타포를 인용한다. 그리고 "방울방울 흘러내리며 존재
는 충족되는 느낌을 느낀다. (……) '방울방울goutte-à-goutte'의 규칙성은 마비된 감정을
반쯤 살아나게 만들고 존재를 꿈틀대는 내면의 의식 안에 자리 잡게 해준다'라고 결론 내린
다. 밀접하게 연관된 두 개의 테마를 분석하기 위하여 똑같은 문장을 두 개로 분리해 읽음으
로써 그는 자신이 그 충동적 힘을 예감했던("물고기") 뱀-촛대에 대한 암시가 가지는 남근 숭
배적 가치를 분명하게 파악하지 못하고 있음을 보여주고 있다. 이것이 주제 비평 방법에서 비
롯된 결과가 아닌 한은 말이다.

키는데, 바로 이것이 흔들리는 가지들의 거세 위협과 철 지난 낙엽이라는 장애물을 정당화한다.[22] 여기에서 암시와 아주 유사한 또 다른 형태를 손가락으로 만져보게 되는데, 그 형태는 소설에서도 풍부하게 넘쳐난다. 묘사된 경치는 엠마의 행동이나 마음속에 들어 있는 남성적 유형의 흥분을 더 이상 무대 위에 올려놓지 않는다. 말하자면 모든 경치가 일반화되어버린 "남근 숭배 Phallicisme"의 성향을 띠고 있다는 것으로 또 다른 형태를 특징지을 수 있을 것이다. 마치 〈마담 보바리〉의 주인공들이 행동하는 세계는 공격적이면서도 불확실한 남성성의 기호 속에 묘하게 자리 잡아서 그 폭력이나 소란(게다가 이 소란은 침묵 속에 숨겨져 있다)이 존재를 흥분시키는 동시에 슬픔에 잠기게 하는 것처럼. 남성성을 부르짖는 사람은 자신의 실패에 대해 지나치게 눈물 흘리지 않기 위해 승리를 노래하는 데 만족하기 때문이고, 프루스트Proust에게 귀중한 "심장의 일시적 중단"이 삶의 기쁨을 어둡게 만드는 유일한 것이 아니기 때문이다. 세월의 순간들처럼 그리고 피닉스처럼, 인간 혹은 양성 인간의 욕망은 자신의 원기 왕성함을 펼치고, 폭발시키거나 기운을 잃고 산산조각으로 무너져내린다. 아마 그 욕망은 다시 생겨나겠지만, 그런 리듬은 자신만의 우울함을

---

22) "보리수" 잎이 돋아나 있는 것은 자신의 입장을 변호하기 위한 것이라 하겠다. 왜냐하면 때는 3월 20일, 사순절 세 번째 목요일 다음 날이므로 상당히 이른 계절이다. 마찬가지로 "낙엽"은 가을 혹은 겨울을 말하는 것보다 종말을 향해 가는 어떤 삶의 한탄을 더 말해주는 것이라 하겠다.

간직하고 있다.

즐거운 순간을 회상해보자. 엠마가 로돌프에게 몸을 내맡기고 난 후, 그들이 처음으로 말을 타고 외출한 순간부터 그녀는 자신의 원래 마음을 되찾는다.

저녁 어둠이 깔리고 있었다. 옆으로 비낀 햇빛이 나뭇가지 사이로 비쳐들어 그녀는 눈이 부셨다. (……) 마치 벌새 떼가 날아오르면서 깃털을 흩뿌려놓은 것처럼 빛의 반점들이 떨리고 있었다. 사방이 고요했다. 감미로운 그 무엇이 나무들에서 새어나오는 것 같았다. 그녀는 자신의 심장이 다시 뛰기 시작하고 피가 몸속에서 젖의 강물처럼 순환하는 것을 느끼고 있었다.

외관상 사랑은 모성—따스함, 평온, 모유(젖)까지도 포함해서—과 아름답게 어울린다. 사실, 사람들이 우리에게 들려주는 이야기 안에서 이러한 가상의 만족감은, 모든 종류의 공생과 어긋나는 흩어짐을 통하여, 즐겁게 만들기보다 이성을 잃게 만드는 빛 구덩이에 의해서 위태로워진다. 깊이 느껴지는 사랑, 부드러움, 감정의 토로는 동질성의 수반水盤이며, 행동으로 보여주는 사랑, 불법 침입, 폭발은 불꽃 다발이다. 비록 플로베르가 "만족감assouvissance"이라는 감미롭고 부드러운 용어를 창조해낸다고 해도 관능은 비틀리고, 곤두서며, 흔들리고, 흩어진다. 선험적으로 평정이 깃들어 있는 침묵조차도 안도감의 표시는 아니다.

그때 아주 멀리, 숲 저 너머, 다른 언덕 위에서, 분간하기 어려운 긴 외침 소리가, 꼬리를 길게 끄는 목소리가 들려왔다. 그녀는 말없이[23] 귀를 기울였다. 그 소리는 마치 무슨 음악처럼 그녀의 흥분한 신경의 마지막 진동과 한데 뒤섞였다. 로돌프는 이빨 사이에 여송연을 물고 두 개의 고삐 중 부러진 것을 주머니칼로 다듬고 있었다.[24]

비록 멀리서, 약하고 생기 없게 들려오기는 했지만 이 외침 소리는 자신의 사랑을 발견하게 되어서 더욱 당혹스러워하는 엠마라는 여인의 귀에 침입하는 것과 마찬가지로 우리의 귀에도 침입한다. 축제 분위기에 젖은 심정의 뒤를 이어, 이 외침은 에덴동산 이래로, 그리고 카인Caïn의 캐리커처 옆에 서기 위해 사람들이 떨어지게 되는 현실세계를 다시 자리잡게 해준다. 이미 조금 전에 그들이 산책을 시작할 때, 그녀가 눈 아래로 용빌을 바라볼 때 말이다.

시월 초순이었다. 들판에는 안개가 끼어 있었다. 야산들의 윤곽 사이로 지평선에 수증기가 길게 깔리기도 했고 더러는 조각조각 찢어져 다시 위로 오르다가 시야에서 사라졌다. (……) 그들이 와 있는 언덕 위에서는 골짜기 전체가 대기 속으로 증발하는 희끄무레한 넓은 호수 같아 보였다. 군데군데 우거진 나무 덤불들은 마치 시꺼먼 바윗덩어리들처럼 불거져 있었다.

안개를 뚫고 머리를 내밀고 늘어선 키 큰 포플러 나무들은 바람에 흔들리는 모래사장 같았다. (……) 엠마에게는 줄지어서 있는 전나무들의 밑둥만 연속적으로 보여서 나중에는 좀 어지러웠다.

이 역시 쾌적한 보금자리처럼 포근한 풍경과 찢기고 상처를 주는 우툴두툴함을 뒤섞어놓은 것이다. 매번 부드러움이 연상될 때마다 단절이 이어진다. 여주인공의 정신 상태를 표현하기 위해서는 주변 환경 속에 부드러움이 스며들어야 마땅할 텐데, 이러한 부조화의 배경 속에는 그런 부드러움을 갑자기 부수고 마는, 혹은 파편이 되어 날아가게 만드는 난폭함이 느껴지지 않는

23) 여기서 작품의 완성본에 나온 대로 텍스트를 읽었음을 상기시켜두고자 한다. 많은 초고를 철저하게 무시해서가 아니라, 그 초고들을 신중히 다룰 필요가 있다고 생각한다. 내가 보기에, 문제없이 발생론적으로만 책을 읽고, "이유를 따지기 전에 유전학자적으로"만 책을 읽는다면 '말없이silencieusement'라는 부사를 중시하는 것이 '잘못된' 것이라고 생각할 수도 있다. 그런데 이때까지 어느 누구도 이 표현을 두고 그 어조의 부조리함이나 단절에 대해 분노한 적이 없었다. 만일 "경솔한" 필경사가 우리의 "말없이"를 만들어 강요하기 이전에(도대체 어떤 장난꾸러기가 이런 잘못 쓰기를 강요했다는 말인가?) 플로베르가 "감미롭게 délicieusement"라는 표현을 썼다면, 바로 그 동일인물 플로베르가 그것을 다시 읽으면서 자기 자신도 놀랐을 이런 수정을 "내버려두었다"는 것이 된다. 이 점에 있어서 나는 레이몽드 드브레쥐네트의 의견(《단 한 번밖에 사용된 적이 없는 낱말과 어형변화표. 발생 비평의 경계에서 *Hapax et paradigmes. Aux frontiéres de la critique génétique*》, 〈기원 Genesis〉, 6호, 장 미셸 플라스Jean-Michel Place 펴냄, 1994)에 동의하지 않는다. 바로 그 뒷부분에서 그녀가 엠마의 "성행위 이후aprés-baisade"의 첫 번째 상태를 소개할 때, 정신을 차리는 엠마에게 "구름처럼 부드럽고 비수처럼 날카로운 그 무엇"을 상기시키고 "말벌이 붕붕대는 소리가 들려왔다"고 덧붙이는 플로베르의 '양면성'을 지적하는 만큼 더더욱 동의하지 않는다.
24) 보비에사르의 무도회 다음 날 그는 점차 샤를르와 같은 행동을 하게 된다. 엠마의 영혼이 바라는 것에 대한 무관심까지도 닮아간다. 하지만 이번에 엠마에게는 꿈꾸게 할 후작이 없다. 더욱이 이 순간 이 문맥에서 칼로 한쪽 고삐 줄을 고치는 것에 대해 해설하는 일은 별로 중요하지 않다.

가? 여기서 우리는 너무나도 온전한 동시에 잔인해서 플로베르가 지시하지 않고는 배길 수 없는 융화에 대한 갈망—모성적이라는 수식어로 요약할 수 있는—과 그때마다 약탈의 힘과 부딪치게 되는 것 사이의 대립을 자세히 논평해보고 싶어진다. "남근숭배적"[25]이라는 품질형용사가 어울릴 끼워 넣기와 찢어짐의 대립이라고 해두자.

좀 더 자세히 말해보자. 수녀원에서 순진한 엠마가 조금씩 자신의 독특한 취향을 발견하게 될 때, 그녀는 "바다는 오로지 폭풍 때문에 좋아했고, 초목이라면 폐허 속에 드문드문 돋아나 있을 때만 좋아했다." 따라서 그녀는 속박에서 벗어난 흥분 때문에, 그리고 어머니들이 오직 사명의식에 의해 대항해 싸우는 타나토스Thanatos(죽음의 충동-역주)의 차원에서만 섹스를 좋아할 것이다. 그녀는 삶보다 폭력 쪽에 위치한다. 그것이 그녀의 몫이다. 아주 유사한 맥락에서 한 비평가[26]는 샤를르에게서 볼 수 있는 닫힌 공간에 대한 공포와 "수녀원의 어둡고 꽉 막힌 분위기"를 좋아하고 무한한 수평선을 바라보는 것이 몹시 비위에 거슬리는 진정한 "열린 공간에 대한 공포"로까지 밀고 나가는 그녀의 부인으로서의 취향을 대비시킨다. 필립 본느피스Philippe

---

25) 주변의 라틴어역 성서가 채워놓은 그 모든 죄악과, 또 모든 어림셈으로 짓눌러버리는 이러한 개념과 용어에 겁먹지 말자. 차라리 그것에 색깔을 입혀보도록 하자. 반은 붉은색, 반은 검은색으로 이등분된 것이라고 플로베르는 말하지 않을까?

Bonnefis[27)]의 적합한 개념에 의거하면, 중요한 심리적 특성을 부각시키면서 불연속의 진정한 강박관념이 되어버리는 지속적인 배타성과 연관지어야 할 섬세한 지적이다. 다시 말하자면, 그 불연속성을 무의식의 메커니즘과 현실에 배치시킬 때, 우리가 가득 채우고 싶어 하는 내포된 의미를 통해서 남근 숭배의 지배적 경향, 불연속성의 울림을 듣고자 한다면 말이다.

장 피에르 리샤르는 그만의 언어로, 단절과 새로움의 항구적 필요에 굶주린 이러한 적극적 행동주의가 불가능한 욕망, 즉 조화롭고 탁한 "크림 상태"의 융화에 대한 만족할 줄 모르는 향수에 사로잡힌 상태로 남아 있음을 강조한다. 마지막에 그는, 엠마에게 있어 애인들은 "자기 자신에게 상처를 입히고자 하는 수단일 뿐"이라고 지적한다. "(플로베르는 로돌프에 대해서 이렇게 썼다) '그가 나누어 가질 수 없는 열정에 사로잡힌 그녀를 보고 있노라

26) 시게히코 하스미Shigehiko Hasumi, 〈열림과 닫힘의 플로베르적 양면성. 마담 보바리의 두 주인공의 죽음Ambivalence flaubertienne de l'ouvert et du clos: la mort des deux personnages principaux de Madame Bovary〉, 〈국제 프랑스학 연구Cahiers de l'association internationale des études françaises〉, 23호, 1971년 봄.
27) 나온 지 오래되기는 했지만 결정적인 그의 논문을 볼 것. 〈마담 보바리의 레씨와 이야기 Récit et histoire dans Madame Bovary〉 클뤼니 학회Colloque de Cluny 특별호 〈신비평 (1969)의 "어학과 문학(1968년 4월)"Linguistique et Littérature de La Nouvelle Critique〉. 특히 여기에서 우리는 이런 글을 읽을 수 있다. "플로베르의 시스템 안에는, 연속이 몰가치 non-valeur의 최종단계를 정의한다. 그것을 납득하기 위해서는, 작품 안에 적절하게 예시되어 있는 흐름과 서정적인 독창부, 대칭, 선적인 늘어남의 주제를 참고하는 것으로 충분하다." 자크 네프는 이러한 생각을 되풀이하면서 "사이의 이미지"의 중요성을 환기시킨다. "병치에 의해서 텍스트에 통합된 풍경을 통하여 깨어져버린 연속성의 이야기, 그리고 드물게는 정지된 분할의 이야기를 읽을 수 있다. 이것은 바로 추방당한 욕망의 이야기이기도 하다"(앞의 책).

면, 그는 자기가 그녀에게 있어 하나의 흥분의 결과일 뿐, 그 이상의 무엇도 아닌 자기 자신에게 익숙해져 갔다.' 흥분: 욕망은 그에 의해서 변화되지 않은 채 타인을 지나간다." 이것이 바로 전형적인 남근 숭배의 메커니즘이다(사실 그 자체로 남성적이라고 간주하는 일은 잘못이다!). 어머니는 자신에게 상처를 입히고자 모색하지는 않는다. 어머니로서의 그녀는 이미 자신의 아이 안에서, 그리고 아이를 통해서 자기 감정을 자제한다. 아이는 그녀와 함께 신체를 이루면서, 이미, 언제나, 끝없이, 그녀 안에 머무른다. 그 모든 나머지는 총체적 접촉의 패러디이며 가상의 봉합선을 조이기 위한, 그리고 만회할 수 없는 찢김을 숨기기 위한 노력이다.

바로 이 점에 도달해야 한다. 시작 단계에서는 '어머니가 아님non-mère' 이라고 해보자. 엠마 혹은 '비非어머니l'a-mère' ('라메르l'a-mère' 는 부정, 결여를 나타내는 접두어 '아a' 와 어머니를 의미하는 '메르mère' 의 합성어로 어머니가 아님을 뜻하는데, '바다' 를 뜻하는 '라 메르la mer' 와 동일하게 발음된다—역주)는 자신의 작은 배가 절대로 항해하지 못할 부드러움의 바다에 있는 너무나 짧은 자신의 존재를 꿈꾼다. 소설에서 레옹의 어머니에게 배달된 익명의 편지가 보여주는 것처럼, 엠마에게서 "가정을 위협하는 영원한 도깨비, 다시 말해서 사랑의 저 깊은 심연에 도사리고 있는 정체불명의 위험천만한 악녀, 요부, 괴물"을 알아볼 수는 없으므로, 엠마는 좋은 어머니의 정반대가 아니다. 또한 엠마는 너무나 나쁜 어머니—하찮

다기보다는 오히려 과잉보호하는—예를 들면, 너무 일찍 죽어버리린 자기 어머니로부터 버림받았던 것을 복수하려는 것 같은 그런 나쁜 어머니도 아니다.[28] 엠마는 모성이라는 용어가 지시 또는 내포하는 그 모든 것과 아무 상관이 없다. 모성은 그녀의 자발적 정신의 공간에 속하지 않는다. 그녀가 자기 아버지의 편지를 읽고 난 후(이것이 상황을 더 민감하게 만든다) 자신의 존재에 대한 중요한 순간들을 추려볼 때, 그녀는 "자신의 영혼의 갖가지 모험들"을 생각하고, 처녀 시절이나 결혼, 연애를 떠올리지만 아이를 가졌었다는 사실을 떠올리지는 않는다. 어린 베르트가 엠마의 주변 멀지 않은 곳에서 즐겁게 뛰노는 것이 다음 문단에 쓰여 있지만, 그것은 마치 기분을 전환시켜주는 작은 동물이 뛰노는 것쯤으로 여겨진다. 그녀는 아무것도 모르며, 엄밀한 의미에서의 모성, 임신이나 출산에 대해서는 아무것도 알고 싶어 하지 않았다. 그녀는 자기 자신도 알아차리지 못한 채 아이를 가졌고, 아이를 낳았다. 그녀에게 있어 어머니가 된다는 것은 자기 옆에 이미 태어난 아이를 가진다는 것이지, 그 아이를 자기 뱃속에서 오랫동안 살찌우고 성숙시키는 것을 의미하지 않는다. 자신이 임신했다는 것을 알자마자 그녀는 아이보다도 자기 자신이 더 궁금해서 "엄마가

28) "엠마는 나쁜 딸이며 나쁜 엄마"라고 미셸 피카르Michel Picard는 응축해서, 다소 퉁명스럽지만 인상적으로 적어놓고 있다.(〈엠마 보바리의 낭비벽La prodigalité d'Emma Bovary〉, 〈문학〉, 10호, 1973년 봄)

된다는 것이 어떤 것인지 알고 싶어서 빨리 아기를 낳고 싶어졌다."[29]

좀 더 멀리 나아가보자. 그녀에게 있어 임신과 출산은 자기 자신을 여자로 느끼는 것이 아니라 남자로 느끼는 기회가 된다. 그녀는 사실 마음속으로 아들을 원한다. 이름은, 긴 창으로 용을 죽인 기독교 영웅의 이름을 본떠서 조르주라고 지을 것이며, "사내아이를 갖게 된다고 생각하니 마치 과거의 모든 무력감에 대하여 희망으로 앙갚음하는 느낌이었다." 사내아이를 밴다는 것은, 요술 지팡이에 의해서 남근을 자기 몸속에 지니게 되는 것이다. 게다가 그녀가 털어놓는 임신의 패러디는, 물론 남자들과 함께하는 것이지만, 그 수도 많으며 확실하게 설명을 해준다. 두 부분만 예로 들어보자. 첫 번째는 로돌프와 함께 있을 때다.

그녀는 몹시 감상적이 되어갔다. (……) 가끔 그녀는 그에게 만종이나 **자연의 소리**에 대한 이야기를 했다. 그러고는 그녀 자신의 어머니나 남자의 어머니 얘기를 하기도 했다. 로돌프는 20년 전에 어머니를 잃었다. 그런데도 엠마는 마치 버림받은 갓난아이를 달래듯 달콤한 말로 그를 위로했고 심지어 어

<hr>

29) 그녀가 어떻게 출산용품을 주문하는지 보시라. "선택도 흥정도 않은 채 마을의 바느질하는 여자에게 모조리 다 맡겨버렸다. 그러다 보니 그녀는 세상 어머니들이 모성애를 한껏 발휘하게 되는 이런 준비 절차를 즐기지 못했고 그 때문에 그녀의 애정은 시작부터 얼마간 식어버린 것 같았다."

떤 때는 달을 쳐다보면서 이런 말까지 했다. "틀림없이 저 곳에서 두 분 어머님들은 함께 우리들의 사랑을 허락해주고 계실 거예요."

어머니들이 항상 아이들을 걱정하는 것은 아니지만 늘 아이들을 돌보며, 절대로 아이들에게서 떨어지지 않는 신성한 보호자임을 충분히 느끼게 된다. 그리고 어머니들은 아이들이 짝을 짓는 세상과는 다른 세상에 존재한다. 또 다른 인용문은 레옹에 관한 것이다. "자신의 영혼이 그녀를 향하여 빠져나가서 번져가다가 (……) 그녀의 하얀 가슴속으로 빨려 들어가는 것만 같았다"—달리 말하면 그녀의 젖 속에서 자취를 감추고 마는 것이다—그러는 동안 그녀는 "그를 우리 아기라고 불렀다. '우리 아기, 나를 사랑해?' 그러나 그의 대답을 들을 사이도 없이 밑에서 레옹의 입술이 다급하게 그녀의 입으로 달려들었다." 허용하는 한도 내에서 가능한 문법을 활용하면서, 이 마지막 이미지는 그의 입술이 그녀의 입과 함께 녹아버리는 것을 보여줄 뿐 아니라, 대칭적으로 마주보고 있는 두 개의 갈망을 보여준다. 자식으로서 혹은 어머니로서 시작된 입맞춤마저도, 사랑의 전주곡처럼 자연스럽게, 돌격을 알리기 위해 북을 치는 나무막대의 시끄러운 음악 속에서 영속한다.

단 한 번, 모성적인 그 무언가가 엠마의 주변에서 나타나는 것 같은 느낌을 가지게 된다. 엠마는 죽어 침대에 누워 있다.

샤를르는 그녀를 지그시 바라보는 중이다. 엠마는 어머니의 사랑으로 가득 차 있지만, 값비싼 대가를 치르고 얻어낸 이 평화는, 마지막으로 죽은 사람의 생애를 가장 정확하게 확인시켜주기 위해 마구 설치해놓은 장례용 횃불로 인해서 깨어지고 만다. 물론 샤를르가 그것을 모르지는 않는다. 그 '양초'들은 이미 앞에서 등장한 큰 촛대를 대신한다.

촛대에서 촛농이 커다란 눈물방울이 되어 침대의 시트 위에 떨어지고 있었다. (……) 달빛처럼 흰 비단옷 위에 물결 모양으로 무늬가 지면서 떨렸다. 엠마의 모습은 그 밑으로 사라져 보이지 않았다. 샤를르에게는 그녀가 자기의 몸 밖으로 번져나와서 주위의 사물들 속으로, 침묵 속으로, 밤의 어둠 속으로, 지나가는 바람 속으로, 올라오는 습기 찬 향내 속으로 녹아들어가는 것만 같았다.

죽은 사람의 성姓을 가지고 있고, 죽은 여자의 자리에 앉아 있는 남자가 느끼는 인상은 감정의 토로나 확산, 준융화quasi-fusion가 결합된 관능적인 황홀함 같은 것이지만, 그 모든 연민은 결코 행복한 사랑에 도달하지 못하고 수평선 멀리 현실에 남아 있으며 앞으로도 그럴 것이다. 보바리 부인에게는, 황홀감에 떨거나 천상의 행복에 만족하는, 고양이처럼 동그랗게 몸을 구부리거나 그들 자신에게 움츠러드는 방법을 모색하는 그런 순간은 없을 것이다. 그녀는 우리가 어머니가 되는 예술이라고 불러야 마땅할 기적적이고 만족스러운 자식自食작용·autophagie을 알게 되는 은총을 입지 못할 것이다.

종합 평가를 대신하자면, 〈마담 보바리〉는 일반적인 성의 분배를 전복시킨다는 느낌을 주며, 비록 보들레르가 상상하지 못했던 논지를 통해서이기는 하지만 이것은 보들레르가 옳다고 인정하게 만든다. 남성과 여성을 대립시키는 것으로 만족하더라도, 성 분리sexuation의 규범에 비추어 볼 때, 인물들이 끊임없이 불안한 상황에 처해 있는 이 이야기에서 그 어느 것도 일관성 있게 작용하지 않는다. 모성적인 것과 기존의 성 집단 사이를 나누는 진짜 장벽은 불분명한 대치를 이루면서 남성과 여성이 뒤섞인 가면들을 거쳐간다. 요컨대, 성으로서의 어머니는 소녀 그리고/혹은 소년의 진정한 차이가 없는 또 다른 성을 이루기 때문이다.[30]

어머니라고 하면 일단 사람들은 보통 여자라고 생각하는데—다시 말해서 처녀든 애인이든—이런 관점은 어머니는 여자와 관계가 없다고 가정한다. 흥미롭게도, 대단하지도 않고 영리하지도 않은 레옹은 자신의 평범한 능력을 넘어서서, 이 소설에서 유일하게 나타나는 진정한 어머니인(게다가 이 인물은 숨어 있다) 약사의 부인 마담 오메에 관해서 적어도 한 번은 생각해본다.

양처럼 순하고 어린애들을 소중히 여기는 그녀는 노르망디 최고의 아내였다. (……) 비록 서른 살인 그녀와 스무 살인 그가 서로 문을 맞댄 옆방에서 잠자고 매일 대화를 주고받는 사이이긴 했지만 그녀가 누군가에게 여자로 보일 수 있다든가 걸치고 있는 옷 이외에 여자다운 면을 지니고 있다든가 하는 것은 한 번도 생각해본 적이 없었다.

말하자면 걸치고 있는 옷 이외에는 여자가 아니라는 것이다. 어머니는 열정의 태풍이나 낭만적인 환상의 어뢰가 찾아들지 않는, 그리고 실패의 고통도 아주 드물게 찾아오는 그런 예외적인 세계이다. 요점을 말해보자. 어머니는 자신과 무관한 남근, 확인될 수 있고, 수출하거나 수입할 수 있으며, 물건과 끊임없는 교환을 통하여 화내기도 하고 사라지기도 하는 성을 자기 안에 가지고 있는지, 가지게 될 것인지, 그것을 계속 간직할 수 있을지, 영광스럽게 간직할 수 있을지 매순간 물어보지 않는다. 그녀는 자기 자신인 동시에, 소리 없이 숨겨져 있으면서 변질될 수 없는, 다른 곳이라고는 없는, 그리고 그녀를 벗어난 다른 장소라는 개념 자체가 없는, 그녀 이외의 그 어느 것도 아닌 아이의 성sexe-enfant에 머물러 있다.

30) 아버지로 말할 것 같으면, 처음에는 돌발사고, 중간에는 목소리, 마지막에는 조각상뿐일 것이다. 그러면 그 사이에는 되는 대로의 아들, 요행으로의 남편일까?

엠마 보바리는 은연중에 남자와 여자를 이어주는(갈라놓는) 관계보다, 생식 기능을 위한 두 파트너, 말하자면 어머니와 자식을 치명적인 시련이나 풍요로운 둥지 안에서 융화시키는 관계가 더 중요한 곳에서 성을 가지고 살아가는 방식을 그려낸다. 보충기관의 유희에 정신이 몽롱해진 채, 언제나 자신을 보충해내는 어려움 속에서 엠마는 '모태'라는 단어가 응축하는, 자신을 대체하는 아름다운 위험과 보완의 충만함을 알지 못한다. 프랑스 소설에서, 진부한 대립을 넘어서서 진정한 차이를 보여주는 성의 또 다른 측면을 구현하기 위해, 남근숭배적인 엠마에 대항하여 그 누구를 내세울 수 있을 것인가? 클레브 공작 부인princesse de Clèves 정도?

이것은 소위 별개의 문제다. 하지만 이 이야기 안에서 우리의 두 여주인공은 1차적 차원에서 그 역할을 담당한다. 이 소설들의 가치와 그것을 써낸 작가의 천재성을 만들어내는 것과 불가분의 역할을 담당하는 것은 바로 문체이다. 문체라고 하는 테베의 문 앞에 서 있던 여자 스핑크스처럼, 우리의 독서가 시작되는 입구에 자리 잡은 이 여인들의 모습에 매혹되어서는 안 되기 때문이다. 그녀의 모습들은 글쓰기라는 우툴두툴하거나 매끈한 환상의 범위 위에 서 있는 신기루일 뿐이다. 또한 글쓰기에 있어서 예술가의 노력을 오해하지 말아야 한다. 그가 자신의 귀에 들리기 좋도록 자신의 문장을 고문하고 윤을 낼 때, 그 혹은 그녀는, 우리들 자신도 때때로 잊어버리고 있는 단어 작업의 본질적

의미를 망각한 채, 잘 말하고, 아름답게 만드는 일을 한다고 믿는다. 그러니, 예술 분석가들에게 상기시키도록 하자. 문체는 '또한' 무의식이라는 것을. 그리고 영혼의 분석가들에게도 일깨워주자. 문체 '역시' 무의식이라는 것을.

미국에서의 마담 보바리

엘리사 마르데르Elissa Marder

읽고 그리고 꿈꾸지 마십시오.
깊은 연구 속에 몰두하십시오.
끊임없이 좋은 것은 바로 집요한 작업 습관뿐입니다.
거기에서 영혼을 마비시키는 아편이 추출됩니다.
—귀스타브 플로베르가 루이즈 콜레에게

감히 말하건대, 〈마담 보바리〉는 나쁜 마약에 관한 책이다.
Madame Bovary, I dare say, is about bad drugs.
—아비탈 로넬Avital Ronell, 〈마약 전쟁Crack Wars〉

플로베르의 작품 〈마담 보바리〉가 오늘날에도 여전히 시사적인 것은 그 여주인공인 엠마가 전형적인 현대병, 다시 말해 시간을 경험 속에 구현하지 못하는 일종의 무능함으로 고통 받고 있기 때문이다. 〈마담 보바리〉의 모든 독자는 엠마가 결코 실패한 삶을 살지 않았다는 것을 확실히 알고 있다. 그러나 사람들이 그 용어에 부여할 수 있는 가장 이상적인 의미에서 그녀를 우리의 동시대인으로 만들어주는 것은 그녀가 자신의 고유한 삶과 만나지 못한 것, 다시 말해 "스스로에게 삶을 주지"—오늘날 미국에서 말하는 '인생을 사는 것to get a life'— 못하는 바로 그 무능력이다. 엠마가 우리와 가까운 것은 우리가 그녀와 같은 시간 속에 살아서가 아니라 그녀가 시간 속에서 살아가지 못하고 실패했기 때문이다. 곧 보게 되겠지만 그녀는 사실상 사건에 대해 증언할 수도 없고, 기억할 수도 없으며, 현재에 살 수도 없고, 미래에 스스로를 투사할 수도 없다. 기억이라는 강박관념적인 의례에 스스로 몰두하는 순간에도 끊임없이 무의식적으로 망각하는 그녀는 시간을 상기시키고자 하면서 동시에 시간을 멈추고자 한다. 그런데 우리가 그녀와 함께 나누는 것은 바로 시간 속에서 사는 것에 실패하는 것이다. 시간 속에서 살아갈 수 있는 모든 가능성의 침식으로 정의되는 현대성을 구현하고 창시하기 때문에 엠마 보바리는 그 어느 때보다 오늘날 덜 역설적인 방법으로, 어떤 의미로는 "더 생동적"이다.

엠마가 고통을 받고 있는 시간적 무질서에 대해 플로베르가 우리에게 제공하는 섬세한 표현들은, 동시대의 미국 문화를 정의하는 다양한 형태의 정신적 외상外傷, traumatisme과 의존성의 시간적 구조를 미리 묘사하고 있는 것 같다. 그리고 이 다양한 형태의 정신 질환과 의존성을 영국의 정신 분석학자 애덤 필립스는 〈가벼운 연애에 대하여 *On Flirtation*〉[1]라는 제목의 최근의 책을 통해 기술하고 있다. 애덤 필립스는 일반적인 신경증을 시간을 통해 살아갈 수 없음에 부여된 외상성 반응이라고 다시 정의한다. "자신들이 잊지 못하는 무엇인가가 있을 때, 자신들의 삶에 대해 끊임없이 행동으로 말하는 무엇인가가 있을 때, 사람들은 분석을 시

---

1) 애덤 필립스Adam Phillips, 〈가벼운 연애에 대하여On Flirtation〉, 하버드 대학 출판, 1994. 〈가벼운 연애에 대하여〉라는 책의 인용을 뒤따르는 괄호 안의 숫자들은 이 출판물의 페이지를 참조한 것이다. 모든 영어 인용을 번역한 사람은 본인이다.

작한다. 인생사의 목록에 무의식적인 한계를 부과하는 이 놀라운 반복에 의해 시간이 멈춰버렸다는(혹은 오히려 자신들이 시간을 멈추게 했다고 생각해서 그에 따라서 행동한다) 환상이 생겨난다. 이런 반복은 우리를 미래에서 멀리 떨어져 있도록 허용해주고, 미래를 소중하게 관리하도록 허용해주는 것 같다." 필립스는 이에 이어서 "정신적 외상이란 사람의 경험에서 유용하게 다시 표현하기 싫은 어떤 것이다. 정신적 외상은 믿음과 마찬가지로 시간을 멈추는 방법이다"라고 설명한다. 이런 주장의 단순성은 우리를 매료시킨다. 신경증을 시간에 대한 애정으로 정의하므로, 정신분석학적 치료는 우리에게 시간을 허락해주는 것 이하의 그 어떤 것도 아니다. 정신분석학적 치료는 우리에게 선택을 제공하고 있다고 주장한다. 다시 말해서, 시간 속에 있는 인생의 우연을 받아들이거나 시간을 멈추려는 모든 시도에 필연적으로 동반되는 즐거움이나 고통을 느끼는 것 중에 하나를 선택하게 하는 것이다.

시간과 싸우는 인간

현대의 신경증이 시간을 멈추게 하려고 한다는 필립스의 가설은 우리에게 정지의 시간을 표시하도록 강요할지도 모른다. 고티에, 보들레르, 플로베르의 시대에 있어서 시간을 멈추는 것은 예술이나 예술가의 특권 영역에 속하는 것으로 여겨졌다. 이런 제약은, "현실 세계"에 있어서 그리고 "현실의 사람들"에게 있어서 시간이 인생의 냉혹한 자료로 남아 있다고 순진하게 가정하도록 만들 수도 있을 것이다. 이러한 "현실"의 영역에서 시간 밖으로 떨어지려는 노력은 상당히 커다란 사건(용어의 전통적인 의미에서 외상성 상해)을 요구하거나, 정신을 변질시키는 힘으로 19세기에 '인위적인 천국'의 주창자들을 매료했던 아편, 마리화나, 알코올, 코카인 같은 외부적인 물질에 의존하는 상태를 요구하는 것으로 여겨질지도 모른다. 그러므로 필립스가 지적한 사항 중에서 놀랍고도 특이한 것은, 일반적인 신경증이 시간을 멈추려는 시도에서 실패한다는 것이 아니라 너무나도 훌륭하게 '성공한다'는 것이다. 이 의심스러운 성공에 대해 미국 문화는 우리에게 다양한 증거를 제공하는 것 같다. 텔레비전 방송(대담, 코미디프로)에서건, 대중 신문들에서건, 개인의 교육 서적이건, "해독 프로그램"이건 혹은, 정신분석학자들의 소파에서건 간에(이것은 대부분 프로작Prozac〔대표적인 항우울제─역주〕을 처방한 수백만 건의 처방전으로 대체되었다), 또 다른 걱정거리를 동반하는 정신적 외상과 마약 중독의 의존성은 우리 시대에 가장 널리 퍼진, 그리고 가장 상징적인 질병이 되어버렸다.

　　필립스가 지적한 바와 마찬가지로 일상적인 병리학의 상황 속에서 "정신적 외상"의 개념을 상기시키는 것은 문제를 훨씬 더 복잡하게 만든다. 약간은 경솔한 방법으로 그가 "정신적 외상은 믿음과 마찬가지로 시간을 멈추는 방법이다"라고 적고 있을 때, 정신적 외상과 그 본질, 그리고 그 근원에 대한 우리들의 이해력에 어떤 일이 벌어졌는가? 정신적 외상에 대한 다소간의 고

전적 정의는 이것을 아주 놀라운 사건에 대한 반응으로 간주하여
"정신적 외상은 일반적인 경험 영역의 밖에 존재한다"고 간주한
다(적어도 미국의 정신병 연구소가 이렇게 정의하고 있다고 캐시 캐루스가 자신
의 책 〈정신적 외상: 기억 속의 탐험Trauma: Explorations in Memory〉[2]에서
인용하고 있다). 이런 사건은 모든 기억을 잃어버린 추억의 형태로
기계적으로 재생된다. 왜냐하면 이런 사건은 무시무시한 (이런 사
건은 흔히 죽음을 가까스로 모면하는 상황 속에서 일어난다) 동시에 동화될
수 없는 경험이기 때문이다. 캐시 캐루스는 다음과 같이 설명한
다. "병리학은 그저 그것이 발생한 순간에 완전히 경험되지도 않
고 완전히 동화되지도 않은 경험이라는 단일한 구조에 의해서 형
성된다. 병리학은 사건이 반복적인 방법으로 주체를 소유했을
때, 즉 사건이 일어난 후에야 경험될 것이다. 정신적 외상을 입는
다는 것은 이미지나 사건에 지배당하는 것이다." 이러한 비非시
간적 지배는 정신적 외상을 입은 주체가 그 외상을 경험하는 것
(나아가 동화시키는 것)을 방해하기 때문에 이 비사건non-événement
이 인생의 또 다른 경험들은 아닐지라도 상당수의 체계적인 단절
을 가져온다. 정신적 외상을 가하는 사건의 통제할 수 없는 반복,
그리고 때로는 치료할 수 없는 반복에 직면한 주체는 마치 사건

2) 캐시 캐루스Cathy Caruth, 〈정신적 외상: 기억 속의 탐험Trauma: Explorations in
Memory〉, 존 홉킨스 대학 출판The Johns Hopkins University Press, 볼티모어, 1995. 〈정신
적 외상〉의 인용을 뒤따르는 괄호 안의 숫자들은 이 출판물의 페이지 번호를 참조한 것이다.
모든 영어 인용을 번역한 사람은 본인이다.

자체가 자신을 박해하는 적이나 또 다른 압제자가 되어버린 것처럼, 사건을 잊어버리고 동시에 상기하는 능력을 상실하는 경험을 한다.

그러나 만약 정신적 외상을 받은 주체가 이미 우리가 말한 것처럼 시간에 의해 지배당한다면 의존성으로 고통 받는 주체의 시간적 지위는 과연 무엇일까? 어떤 의미에서 우리들은 정신적 외상과 의존성을 동일한 시간적 무질서의 도치된 표현으로 이해할 수 있을까? 두 가지 경우에서 주체는 지배당해서 말 그대로 죽음이나 상징적인 죽음에 반드시 이르게 하는 반복의 충동에 처해지는 것처럼 보인다. 그런데 정신적 외상을 받은 주체가 잊어버리는 능력의 상실에 의해 지배당하는 것처럼 보이는데 반해, 의존적 주체는 망각이라는 이상하고도 충동적인 욕구에 의해 부추겨진 것처럼 보인다. 사람들이 정신적 외상을 피해자가 죽음을 스쳐지나간 흡수할 수 없는 조우에서 살아남기 위한 시도로 이해할 수 있는 반면에 의존성의 구조는 사람들이 삶을 느끼게 되는 이상한 경험으로 등장한다. 정신적 외상을 받은 주체는 시간의 목소리를 피해갈 수 없는 반면, 의존적인 주체는 시간 속에서 자신의 자리를 찾을 수 없다. 후자에게 있어서 시간은 또 다른 박해자의 형태로 나타나지 않고 항상 다른 곳에서, 그리고 다른 사람에게 생기는 어떤 일로 나타난다. 정신적 외상의 시간성처럼, 의존성의 시간은 "일반적인 인간 경험을 벗어나서" 존재한다. 하지만 정신적 외상을 입은 주체와는 다르게, 의존적인 주체는 시간에 의해 지배당한다기보다 시간으로부터 추방당한 것으로 보인다.

비록 보들레르가 "인위적인 천국"에 특권적인 지위를 부여했음에도 불구하고, 그의 작품은 정신적 외상을 입은 인물에 의해 지배되었다. 그의 텍스트는 사실상 시간에 의해 "소유당한" 주체가 내는 목소리의 메아리를 끊임없이 우리가 듣게 만든다. 〈괘종시계L'Horloge〉에서는 이런 정신적 외상의 점유가 대단히 커서 그것이 시적 목소리 자체의 생산을 지배하고 결정한다.[3] 이 시의 첫 번째 시구("괘종시계여! 음산한 신이시여Horloge! dieu sinistre")에서 악마적 인물을 기원함으로써 시간의 목소리에 굴복하려고 노력하는 시인은 자기 고유의 목소리에 대한 모든 통제력을 금방 상실한다. 괘종시계 소리가 끊임없이 그리고 점점 더 기계적인 방법으로 "너를 기억하라"는 명령을 시인에게 내리면서 시인의 목소리를 빼앗아가고, 결국에는 최후의 죽음에 해당하는 정지를 선고한다.

보들레르의 작품이 정신적 외상에 의한 점유를 무대에 올려놓은 것이라면, 플로베르의 작품은 의존성의 본질을 엄격하게 공들여 만든 완성품을 우리에게 보여준다. 보들레르가 그의 '악'의 꽃의 놀랍고 환각적인 냄새로 우리를 중독시킬 수 있는 반면 우리는 플로베르의 작품에서 진정으로 의존성 구조의 늪 속에 빠

---

3) 보들레르Baudelaire, 〈작품집 Œuvres complétes〉, 갈리마르, 파리, 1975.

져든다. 〈마담 보바리〉는 사실상 일상적 삶의 병리학에 대한 가장 우아한 분석들 중의 하나, 특히 시간에서 배제되었다고 스스로 느끼는 병리학의 특별한 형태에 대한 분석들 중의 하나를 우리에게 제공하고 있다.

엠마 혹은 사건에 대한 기대

엠마는 잃어버린 시간을 찾는 것이 아니라 사건이 난 후에 사건을 뒤쫓는다. 자신의 생에 사건을 가지지 못했기 때문에 그녀는 어떻게 사건을 창조하는가를 배우기 위해 소설 쪽으로 눈을 돌리게 된다. 독서에 의해 그녀가 획득한 소설적 열정을 그녀는 즉시 실제 경험으로 간주한다. 독서를 하면서 그녀가 경험한 느낌이 그녀에게 목마름을 주어 독서에 의해 생겨난 경험을 삶 속에서 재생하고 싶어 한다. 그녀가 가리지 않고 읽는 낭만적 소설의 일반적 규칙은 항상 예기치 않은 것이 존재해야 한다고 요구하기 때문에, 그녀는 사랑이나 모험의 형태로 예기치 않은 것을 기대하면서 그 규칙을 자신의 삶에 적용하려고 노력한다. 소설이 체계적으로 예기치 않은 것을 제공하는 동안, 경험될 수 없는 삶을 약속하는 소설의 본질 자체 속에 예기치 않은 것이 존재하기 때문에 그녀의 독서는 그녀에게 다음과 같은 문제를 부과하게 된다. 정의상 순간적이고 예기치 않은 것이 되어야만 하는 사건을 어떻게 기대할 것인가?

　책의 1부 마지막 장에서 추려낸 다음 구절에서 엠마는 결과적으로 비어 있는 자신의 존재를 진짜 삶의 경험으로 만들어야 하는 소설적인 사건이 도래하기를 참을성 있게 기다린다. 그러나 그녀는 자신이 삶의 무대에 초대받지 않았다는 것을 깨닫기 시작한다.

> 그러나 마음 깊은 곳에서는 어떤 돌발 사건이 일어나기를 기다리고 있었다. (……) 매일 아침 눈을 뜨면 바로 그날 그 일이 일어나기를 바라면서 모든 소리에 귀를 기울였고, 갑자기 소스라치며 벌떡 일어나기도 했고, 아무런 사건도 일어나지 않는 것에 놀라곤 했다. 그러다가 해가 지면 한층 더 슬퍼져서어서 내일이 오기를 바랬다. (……)
> 7월에 들어서면서 그녀는 당데르빌리에d'Andervilliers 후작이 어쩌면 또다시 보비에사르에서 무도회를 열지도 모른다고 생각하면서, 10월이 되려면 몇 주일이 남았는가를 손꼽아 세었다. 그러나 9월이 다 가도록 편지도 방문도 없었다.
> 그 같은 실망에서 온 고통이 지나가자 그녀의 마음은 다시 허전해졌다. 그러고는 똑같은 나날의 연속이 또 시작되었다.
> 그렇다면 이제 나날들은 언제나 똑같은 모습으로, 수도 없이, 이렇게 열을 지어 지나갈 뿐 아무 일도 일어나지 않을 것인가! 다른 사람들의 생활은 아무리 평범해도 적어도 어떤 사건이 일어날 기회는 있다. 때로는 우연한 일이 실마리가 되어 무한

한 변화가 일어나고 주변의 환경이 달라진다. 그런데 그녀에게는 아무 일도 일어나지 않았다. 하느님의 뜻인 것이다! 미래는 일종의 캄캄한 복도였고, 그 끝에 나 있는 문은 꽉 잠겨 있었다.[4]

이 구절의 첫 대목에서 엠마는(그리고 그녀와 함께한 독자는) 그 어떤 "돌발 사건"이 그녀에게 예정된 사건이 일어나는 것을 막아버렸다고 생각하는 것 같다. "매일 아침 눈을 뜨면 바로 그날 그 일이 일어나기를 바라면서 모든 소리에 귀를 기울였고, 자리를 차고 벌떡 일어나기도 했고, 그 일이 일어나지 않는 것에 놀라곤 했다." 그러나 시간의 흐름을 정지시켰을 수도 있는 그 사건은 엠마의 마음을 편하게 해주는 허구적 상상일 뿐이다. 만약 이 구절의 시작이 엠마가 매일 매일 살아가는 것을 방해하는 것이 사건의 부재라는 것을 암시한다면 이 구절의 끝 부분은 우리로 하여금 훨씬 더 걱정스러운 결론 쪽으로 기울게 한다. 엠마가 "하루"라는 시간 단위에 접근할 수 없기 때문에 그녀에게는 미래의 어떤 사건도 가능하지 않다. 엠마에게 있어서 시간은 측정되지 않고 점점 더 작은 단위 속에서, 다시 말해 처음에는 매주마다, 그리고 결국에는

4) 귀스타브 플로베르, 〈마담 보바리〉, 가르니에-플라마리옹, 파리, 1979. 〈마담 보바리〉의 인용을 뒤따르는 괄호 안의 숫자들은 이 출판물의 페이지를 참조한 것이다.

한 방울씩 흘러간다. 문제는 어떤 사건이 일어나느냐 혹은 그렇지 않느냐가 아니다. 문제는 시간으로 하여금 모든 사건을 포용하고 소화하는 것을 불가능하게 하는 그 시간의 반복적이고 소모적인 구조 속에 있다.

어린애 같은 제스처를 글자 그대로 해석해보면 확실히 무엇인가 감동적인 것이 있다. 왜냐하면 엠마는 사실상 손가락으로 몇 주인지를 세면서 자신이 시간을 셀 수 있다는 것을 스스로 확신하고자 하기 때문이다. 그러나 엠마가 시간을 셀 수 있기 위해서는 그녀가 셀 수 있는 단위로서의 시간, 즉 눈에 뜨이지 않으면서도 반복적인 단위로 시간을 스스로 표현할 수 있어야 한다. 보비에사르의 무도회를 시간의 고정된 단위처럼 생각하기 때문에 엠마는 자신이 그 사건을 반복할 수 있을 것이라고 기대한다. 이 부질없는 희망은(매우 복잡하고 결국에는 치명적인 것으로 밝혀지는)—그리고 그 사건이 실제 경험으로서의 모든 반복에 저항하는 이유는—그녀가 최초로 무도회에 참가한 것 자체가 완벽하게 우발적이라는 사실에 기인한다. 그녀가 결과적으로 무도회에 가게 된 것은 일련의 우연한 상황(초대라는 것은 최후의 용어에 불과하다)에 기인할 뿐이다. 무도회가 있기 몇 주 전부터 후작의 입안에 종기가 악화되었다는 것을 사람들은 기억한다. 그해에는 보비에사르의 버찌가 보바리 부부의 농장 것보다 좋지 않았고, 엠마의 아름다움과 더불어 버찌의 질을 인식했을 때 후작은 변덕을 부려 젊은 부부를 무도회에 초대하기로 결심했다. 그러므로 엠마가 무도회에 참석한 것은 우연에 의해서이고 무도회장에 도착한 후에는 적법하게 초대받은 사람으로서보다 고립된 놀란 구경꾼으로 더 많이 행동한다. 보비에사르 무도회는 〈마담 보바리〉에서 경험된 삶의 하나의 사건으로 기능하는(깨지기 쉽고 불충분한 방식으로) 유일한 사건으로 남는데, 그 이유는 무도회가 잊혀지지 않기 때문이다. 이 특권적이고 유일한 사건을 제외한 다른 모든 것, 다른 모든 사람과 다른 모든 것의 존재 혹은 부재는 침식의 효과를 겪으며 사라져버린다.

엠마가 혼란스럽고 구멍 뚫린 기억 때문에 고통을 받는 방식을 제대로 평가하기 위해서는 자기 어머니의 죽음을 사건으로 가공하기 위해 거기에 이르지도 못하면서 얼마만큼이나 투쟁하는지를 살펴보는 것만으로 충분하다. 그녀는 우선 지워지지 않는 기억에 대한 명백한 증거처럼 보이는 고뇌의 느낌을 어머니의 죽음을 통해서 경험하려고 노력한다. 그러고 나서 그녀는 자신으로 하여금 다시 태어나게 허용해주는 암시의 힘을 통해 자기 자신의 죽음을 환상적인 방법으로 투사한다. 결과적으로 그녀는 낭만주의 미학의 이데올로기에서 직접적으로 차용하여 수용한 이론에 근거하고, 새로운 것에 의해 향상된 새로운 삶에 대한 이미지들을 만들어낸다.

어머니가 돌아가시자, 그녀는 처음 며칠 동안 몹시 울었다. 그녀는 고인의 머리칼로 추모용 작품을 만들게 했고, 베르토에게 보낸 편지에서는 인생에 대한 슬픈 성찰을 늘어놓으면서 훗날 자기도 어머니와 같은 무덤에 묻어달라고 했다. 딸이 병들었다고 생각한 영감이 면회를 왔다. 평범한 마음의 소유자로서는 결코 도달할 수 없는 것이 바로 빛바랜 생활 속의 이같이 희귀한 이상일진대 자신은 단번에 그런 경지에 도달했다는 사실에 엠마는 내심 만족을 느꼈다. 그래서 그녀는 라마르틴느 같은 몽상의 곡절 속으로 빠져들었다. (……) 이윽고 그런 것들에 싫증을 느꼈지만 자신은 그것을 인정하려고 하지 않았고, 처음에는 타성 때문에, 나중에는 허영심 때문에 계속 했지만 결국은 평온을 되찾은 것에 스스로 놀랐다. 이마에서 주름이 걷혔듯이 마음속에서도 슬픔은 이미 사라진 것이었다.

그러나 결과적으로 엠마는 어머니를 잃었다는 것을 깨닫지 못한다. 그녀의 과도한 제스처에도 불구하고 어머니에 대한 기억은 흩어져버리고 자취를 감춘다. 한술 더 떠서 어머니의 죽음이 그녀 자신에 대한 모든 현실성을 잃게 만든다. 외관상 충만함이 넘쳐나는 이러한 경험은 결국 그녀를 인식의 연속성이 결여된 상태에 빠뜨린다. 상(喪)을 경험함으로써 낭만적 이상주의에 빠진 자신의 경험의 근거가 잘못된 것임을 알게 된다. 왜냐하면 낭만적인 사상들은 실제의 경험에 제대로 저항하기 어렵고 결과적으로 그렇게 유용하지 않기 때문이다. 죽음이 삶보다 더 새로운 것을 그녀에게 제공하지 않았다는 것을 깨닫게 될 때 그녀는 지루해하고, 어머니의 죽음과 동시에 자신의 미학적인 재탄생 계획을 잊어버린다. 버려지고 잊혀진 그 두 가지의 관심사는 흔적도 없이 사라진다.

엠마는 무도회를, 자신의 고유한 경험을 도입하는 상상의 창고로(비록 허망하고 일시적이지만 강력한) 변경시키는 시간의 기준점으로 사용한다. 무도회에서 나오면서 샤를르는 엠마가 발견한 여송연 케이스를 줍는데 이 케이스가 그날 저녁 파티의 기억을 그녀가 보존하도록 도와준다. 이 신성한 물건은 특별히 그녀를 유혹하고 강박관념적인 제례의식을 자극한다. 좀 더 정확히 말하면, 엠마가 그 여송연 케이스를 단순히 주워온 물건으로 취급하는 정도가 아니라, 잃어버린 시간의 객관화 자체로, 시간에 물리적인 형체를 부여하면서 시간을 보존하려는 모든 기도를 표현하는 내용물처럼 취급한다. 뭔가를 담는 이 물건은 그 형태 자체 속에서 그녀의 삶에 모자라는 모든 것, 다시 말해 시간을 담을 수 있는 형체를 구현하는 것으로 보인다. 무도회 장면 후, 소설 1부의 마지막 페이지까지 엠마는 그 여송연 케이스를 다른 사람들이 즐기는 삶 자체의 약속에 대한 담보물로 취급하는데, 그 이유는 그 케이스를 보비에사르에서 볼 수 있었기 때문이다. 그러나 엠마가 결코 다시는 무도회에 초대되지 않을 것임을 알게 되자마자 그 여송연 케이스는 힘을 잃어버린다. 그 후 자신에게 시간의 저장고로 사용될 수 있는 외부의 물건이 없어진 엠마는 손가락으로 숫자를 세면서 자신의 육체를 시간의 휴게소로 변경하려고 노력한다. 그러나 텍스트 중에서 화자의 목소리가 "편지도 방문도 없이 9월이 흘러가버렸다"고 말하는 순간, 사람들은 그 시도가 다른 모든 시도와 마찬가지로 실패하고 있다는 것을 알게 된다. "흘러가버렸다"라는 동사는 〈마담 보바리〉 곳곳에서 한 방울 한 방울 흐르는 액체(물, 땀, 피, 타액)와 같은 시간의 개념을 이어간다. 이처럼 9월이 "흘러갈 때" 시간은 해체되고, 이런 해체는 엠마의 육체를 통해 이루어진다. 이제 엠마의 손은 빗방울처럼 손가락 사이로 빠져 달아나는 시간을 더 이상 붙잡지 못하는데, 바로 그 손가락이 예전에는 시간을 세는 데 사용되었다. 그 후로 시간은 경험에서와 마찬가지로 엠마의 육체에서 돌이킬 수 없게 분리되어버린다. 그러나 이렇게 시간적으로 진퇴유곡에 빠지기 전에 이미 똑똑 떨어지는 리듬감 있는 물소리가 이미 소설과 그녀의 삶의 박자를 맞추고 있었다. 그 단조로운 소리는 책의 서두에서, 엠마가 자기 집 문턱에서 양산을 들고 샤를르 앞에 서 있는 그 순간부터 울려 퍼졌다.

비둘기 털처럼 광선에 따라 색이 변하는 양산으로 햇빛이 비춰지면서 그녀의 하얀 얼굴에 하늘거리는 그림자를 만들었다. 그녀는 그 밑에서 따뜻한 열기를 받으며 미소 짓고 있었다. 팽팽하게 펼쳐진 비단 양산 위로 물방울이 똑똑 떨어지는 소리가 들렸다.

그녀의 육체는 이미 모든 보호막을 잃기 시작했고 그 어느 것도 더 이상 진실로 시간의 액체적 행위로부터 그녀의 육체를 보호해주지 않는다. 물이 한 방울 한 방울 떨어질 때는 소설이라는 시간적 구조물의 모습을 조금씩 침략하는 침식력을 가지고 떨어지는 것이다. 뒤에 가서 보게 되다시피 작품을 구조화하거나 혹은 안정시키는 요소가 있는 그대로, 혹은 은유적인 방식을 띤 건축물의 형태로(모든 조립된 물건, 모든 집, 작은 조각상 등을 보라) 책 자체의 골격에까지 표현되기 때문에 완전히 액체가 되어버린 시간에 의해 행해진 범람은 피할 수 없는 위협을 나타낸다.

액체적 시간과 최후의 해체

그러나 플로베르가 엠마의 시간 상실에 대해 진정한 정신적인 추락의 지위를 부여한 것은 바로 무도회가 끝난 후 잃어버린 날들에 대한 묘사를 통해서다. 시간에 대한 믿음을 잃어버리는 것은 삶과 미래의 형상으로서 하느님에 대한 믿음을 잃어버리는 것과 마찬가지다. 엠마가 무도회에 다시 초대받지 못할 때 그녀는 이상적인 사건이 그 자체로 속죄하는 힘을 내포하고 있다는 생각을 버린다. 미래는 사라지고 과거는 접근할 수 없는 것이 되어버린다. 엠마가 더 이상 나날들을 열거할 수 없기 때문에 나날들이 "셀 수 없는 것"으로 명명되는 그 순간부터(한 순간이 아니고 여러 순간임) 그녀의 날들은 결과적으로 세어진 것이 되어버린다. 엠마는 이미 불가능한 동시에 피할 수 없게 된 일종의 죽음에 처하는 형벌을 받는데, 그 이유는 삶과 마찬가지로 죽음 또한 시간을 잘라 낼 수 없기 때문이다. 여기에 대해서는 그녀의 육체가, 소위 말하는 그녀의 죽음이라는 사건 후 이어지는 날들 동안 계속해서 없어지고 있다는 것을 기억하도록 하자. 엠마의 죽음은 자기가 기대하는 큰 사건을 대체하는 작은 충격들에 의해 이미 예견되었다. "그녀는 모든 소리에 귀를 기울였고, 갑자기 소스라치며 벌떡 일어나기도 했고, 사건이 일어나지 않은 것에 놀라곤 했다." 그리고 그녀는 날들이 끝나기도 전에 그녀의 날들과 분리된다. "(……) 해가 질 때면 언제나 한층 더 마음이 슬퍼져서 어서 내일이 오기를 바랐다." 이 구절의 끝 부분에서는 흔히 "날journée"이라고 불리는 단위가 완전히 의미를 상실해버린다. 이 상황에서 퇴폐적이고 순서가 뒤바뀐 엠마의 질병과 메아리처럼 울려 퍼지는 익명의 알코올 중독자의 상투어("그날그날")를 비교하지 않을 수 없다. 의존성이란 것이 시간적 무질서를 표현한다는 것을 엠마의 질병이 한 번 더 상기시킨다. 알코올 중독자에게 있어서 "그날그날"이라는 표현은 두 가지 방식으로 기능한다. 그 표현은 알코올 중독자에게 시간이 존재한다는 것을 상기시키는 데 사용되고, 또 시간을 현실성 있는 단위로 쪼개는 방법을 그에게 제공하는 데 사용된다. 그러나 엠마는 자신의 시간병을 없애기 위한 이런 해결책에 접근하지 못한다. 왜냐하면 그녀가 남용하는 액체적 물질이 알코올이 아니라 시간 그 자체이기 때문이다. 동사의 시제를 포함한 시간의 표현들은 어쩔 수 없이 엠마를 죽음에 이르게 하는 타락으로 몰아가는 의존의 시간성 속에서 자유 낙하의 항적航跡을 그리고 있다.

욕망의 상상적 시간

이 책의 가장 유명한 구절 중 하나는 엠마가 로돌프와 함께 새로운 삶을 향해 출발한 자신을 상상하면서 자신의 시간 감옥 속에서 벗어나려고 노력하는 장면이다. 그러나 그녀가 현실의 삶 속에서 경험하는 하루의 손실은 그녀의 환각적인 미래까지 쫓아간다.

> 달리는 네 마리의 말에 이끌려 그녀는 벌써 일 주일째 어떤 새로운 고장을 향해 실려가고 있었다. 두 사람은 이제 그 고장에서 결코 돌아오지 않을 작정이었다. 두 사람은 서로 두 팔을 끼고 아무 말도 없이 가고 또 가고 있었다. 가끔 산꼭대기에서 갑자기 드러난 찬란한 도시를 볼 수 있었다. (……) 큼직큼직한 포석들이 깔려 있었기 때문에 말은 평보로 가고 있었다. 그리고 땅바닥에는 꽃다발이 깔려 있었다. (……) 종 치는 소리와 당나귀 우는 소리가 은은한 기타 소리와 분수가 쏟아지는 소리에 섞여 들려왔다. 분수에서 내뿜는 물안개는 그 밑에 미소 짓고 있는 창백한 석상들의 발아래 피라미드 모양으로 진열해 놓은 과일 무더기들을 식혀주고 있었다. 그리하여 두 사

람은 어느 날 저녁, 한 어촌 마을에 당도했다. 그곳에는 절벽과 오두막집들을 따라 갈색의 그물이 널린 채 바람에 마르고 있었다. 그들이 살려고 발길을 멈출 곳은 바로 그 마을이었다. 그들은 해변의 만 저 안쪽, 한 그루 야자수 그늘에 있는 납작한 지붕의 낮은 집에 살 예정이었다. 그들은 곤돌라를 타고 이리저리 돌아다니리라. (……) 그리고 그들의 생활은 그들이 입은 비단옷처럼 안락하고 푸근하며 그들이 바라보는 정다운 밤처럼 따사롭고 별빛으로 가득 차 있으리라. 그러나 그녀가 눈앞에 그려보는 미래의 그 광막함을 배경으로 특별한 것은 아무것도 나타나지 않았다. 나날은 한결같이 멋있었고 파도처럼 모두가 닮아 있었다. 그것은 무한하고 조화롭고 푸르스름하게 햇빛에 뒤덮인 채 수평선 저쪽에서 흔들리고 있었다.

여기서 화자의 목소리는, 로돌프와 용빌에서 도망가고, 그들이 함께하는 여행과 미래의 삶 같은 일련의 완벽한 상상의 사건을 이야기하는 엠마의 정신으로 은밀하게 미끄러져 들어간다. 현실 공간에서 결코 일어나지 않고 시간 밖에서 벌어지는 이 사건들이 이야기 속에서 일종의 환각적인 구멍을 창조해낸다. 플로베르가 "그녀는 다른 꿈에 잠긴 채 깨어 있었다"라는 문장에서 그것이 깨어 있는 꿈과 관계된 것임을 지적하면서 엠마의 환상을 도입함에도 불구하고, "그녀는 벌써 일 주일째 어떤 새로운 고장을 향해 실려가고 있었다. 두 사람은 이제 그 고장에서 결코 돌아오지 않을 작정이었다. 두 사람은 서로 두 팔을 끼고 아무 말도 없이 가고 또 가고 있었다”는 문장은 엠마에 의해 현실적으로 경험되거나 실현될 수 있는 모든 경험과 기준점의 상실을 보여준다. 상상 속에서 경험된 두 가지 시제(반과거imparfait〔과거의 정확하지 않은 시점에서 시작되어 과거의 정확하지 않은 시점에서 끝난 행위나 상태를 표현하는 데 사용되는 프랑스어 과거 시제의 한 가지. 대개 과거의 반복적 습관이나 지속적인 행동, 과거 상태의 묘사에 사용된다—역주〕와 조건법)로 표현된 그 환상은 훨씬 더 역설적인 시제의 모호성을 증가시킨다. 결코 일어나지 않았고, 심지어 위에서 말한 환상의 논리에서조차 어떤 미래 시제 속에서(현실적 미래이거나 조건적 미래) 실현되어야만 하는 사건들을 이야기하기 위해 반과거를 사용하는 놀라운 일은 그 여행 이야기를 더욱 더 환각적으로 만든다. 심한 환각으로 동사의 시제까지 전염되는데 그 까닭은 반과거가 조건법과 동일시되는 것으로 보이기 때문이다. 환상에서조차 반과거는 일련의 새로운 사건들보다는 일반적으로 지나간 행위의 반복을 가리킨다. 조건법으로 간주되는 반과거의 기묘한 용례에 의하여, 허구적이면서 갈망하는 미래에 이르기 위하여 엠마 스스로 허구적인 과거를 만들어내야 하는 것을 이해하게 된다. 그러므로 이 반과거는 가상 공간의 횡단을 표현한다. 이 동사의 불가능한 행위를 통하여(왜냐하면 이 동사는 미래에 근거해서 기억의 행위를 그려내는 그런 미래 안에 정해진 지점을 설정하는 힘을 갖고 있는 것으로 보이기 때문이다) 우리는 엠마가 단지 가상의 시간을 통하여 여행하는 것을 상상하는 것이 아님을 알게

된다. 다시 말해 그녀는 가상의 시간 속으로 들어가려고 노력하
고 있는 것이다.

　　환상이 한창일 때, 갑자기 반과거에서 조건법으로 비약함
으로써 그 구절은 더욱 더 현기증나게 되어버린다. 반과거로 이
야기된 행위가 이미 조건법에 의해 부여된 것이기 때문에 "진짜"
조건법의 갑작스런 출현은 더욱 더 당황스러워 보인다. 그 문맥
에서, 반과거에서 조건법으로의 이행은 두 시제의 시간적 가치를
변질시킨다. 반과거로 쓰인 문장들은 조건법으로 쓰인 문장들보
다 정확한 미래를 더 많이 약속한다. 반과거로 이야기된 환상적
인 여행은 우리에게 특이하고 감각적인 세세한 사항을 제공해준
다("레몬나무 숲과 흰 대리석으로 된 성당들", "은은한 기타 소리와 분수가 쏟아
지는 소리", "빨간 코르셋을 입은 여인들"). 반면에 조건법으로 이루어진
삶의 이야기는 차라리 일반적인 주변 환경을 상기시킨다. "그들
의 생활은 그들이 입은 비단옷처럼 안락하고 푸근할 것이다." 이
러한 미래의 삶은 반과거로 된 세 개의 짧은 문장이 다시 나타난
후에 갑자기 멈춰버린다. "미래의 그 광막함을 배경으로(……) 특
별한 것은 아무것도 나타나지 않았다."

　　그런데 반과거에서 조건법으로의 이행은 환상의 도중에
일어난다. 그러한 이행은 "그들이 살려고 발길을 멈춘 곳은 바로
그 마을이었다. 그들은 해변의 만 저 안쪽, 한 그루 야자수 그늘
에 있는 납작한 지붕의 낮은 집에 살 예정이었다"[5]라는 문장의
중간에서 표출된다. "반과거"의 여행과 "조건법"의 삶을 분리하

는 구두점(콜론)은 시간 체계의 삐걱거리는 경첩으로 기능하고 있다. 지적해야 할 것은 이 구두점이 미래에 그들이 살 집을 건설하는 순간에 시간의 교체를 시행하고 있다는 것이다. 이 미래에 살 집은 같은 순간에 일어난 시간 변형의 공간적 구현으로써 은유적으로 나타난다. 그 집은 단지 미래에서 지어지지 않았기 때문에 미래의 표현 그 자체이다. 그 전의 여송연 케이스처럼 그 집은 시간을 간직하는 데 사용되어야만 한다. 그리고 엠마의 우산처럼 그 집이 거주자의 몸을 시간의 비로부터 보호해주어야만 한다. 삶이 살 만한 것이기 위해서는 미래가 거주할 만해야 한다고 플로베르가 말하는 것 같다.

그러나 반과거에서 조건법으로 비약이 이루어지는 방식을 좀 더 가까이에서 살펴보면 다음과 같은 걱정스러운 결과에 이르게 된다. 즉 이렇게 해서 시간의 벼랑 위에 건설된 구조물은 그 안에 사람들이 거주하기도 전에 무너질 우려가 있다. 연결된 문장

5) 가르니에-플라마리옹 출판사의 〈마담 보바리〉(쟈크 쉬펠Jacques Suffel이 출판한 텍스트)는 1957년에 매니알Maynial에 의해 출판된 가르니에 출판사의 텍스트를 재용하고 있음이 틀림없다는 사실을 주지해야 한다. 이 책에서는 반과거에서 조건법으로의 이행이 문장의 첫 번째 부분과 두 번째 부분을 분리하는 구두점 '다음에' 이루어진다. "그들이 살려고 멈췄던 곳은 바로 그 마을이었다. 그들은 거기서 살 예정이었다 (……)C'est là qu'ils s'arrêtaient pour vivre: ils habiteraient (……)". 그러나 클로딘 고토-메르쉬에 의해 출판된 1990년의 가르니에 출판의 텍스트에서는 클로딘이 문장의 처음에 조건법으로 된 첫 동사를 위치시킴으로써 텍스트를 고치고(주지시키지 않은 채) 있음을 알 수 있다. "그들이 살려고 멈출 곳은 바로 그 마을이었다. 그들은 거기서 살 예정이었다 (……).C'est là qu'ils s'arrêteraient pour vivre; ils habiteraient (……)." 내가 해놓은 해석에서 기술한 것과 똑같은 시간적 무질서의 매우 징후적인 문맥적 모호성이 여기에도 존재하고 있다. 플로베르적 시제는 매우 역설적으로 액체적이어서(말하자면 너무나 정확하게 모호해서) 출판인들조차 그 시제를 고정하지 못하고 있다고 말해야 할 것이다.

속에서 "살다vivre"라는 동사는(부정법不定法, infinitif으로 남아 있음) 반과거로 된 마지막 동사("그들은 멈추었다ils s'arrêtaient")와 조건법으로 된 첫 번째 동사("그들은 살 것이었다ils habiteraient") 사이의 분리를 보충하며 연결하고 있다. "살기 위하여 pour vivre"라는 표현은 이보다 앞서 쓰여진 환상 여행의 모든 움직임을 정지시키고, 그 여행의 목적지 자체로 제시된다. 이 표현의 모호성은 이 표현이 나타내는 삶을 끝없는 시간 속에 투사시키고, 또 부정법의 시간 속에도 투사시킨다. 왜냐하면 "살기 위하여"라는 표현은 약속된 삶이 정말로 이루어진 것을 확인하기 위한 정확한 시간도, 정해진 장소도 함의하지 않기 때문이다. "살다"라는 부정법은 엠마의 환상의 시간 구조를 끝없이 물러서는 지평선처럼 조망한다. "살다"라는(나머지 구절 속에 특별히 감추어져 있는) 동사가 동사변형이 되어 있지 않은 것은, 어떠한 개별적인 삶도, 즉 어떠한 현실적인 삶도 환상의 내부에서조차 그 동사를 구현할 수 없기 때문이다. 이 동사는 접근할 수 없는 미래로 끝없이 연기된 삶의 약속으로 제공된다. 약속된 삶이 항상 다가올 것이기 때문에 "그들은 살(거주할) 것이었다"라는 동사가 시행하는 조건법 구절은 그 약속의 시간적 취약성에 뒤늦게 반응하는 것으로 여겨진다. "살다"라는 동사 뒤에 바로 "살다, 거주하다habiter"라는 동사를 뒤따라 쓰면서 플로베르는 이 두 단어의 의미 사이의 유사성을 강조한다. 사실 그 삶이 접근될 수 없다는 것을 발견한 후에(부정법에 의해서) "거주하다"라는 단어가 빈 채로 남겨진 그 자리를 차지할 것이다. 삶의 약속이 증발해버릴 때, 그 결과로 생기는 살 수 없음이 그 뒤를 이은 "거주하다"라는 동사 속에 응축되고 암암리에 스며든다. 왜냐하면 "그들은 살(거주할) 것이었다"라는 동사에 의해 제안된 집짓기가 "살아야 할" 잠재적 거주자들의 무능력에 의해 침수되어버리기 때문이다.

그리고 엠마의 환상의 결말은 그것이 한 번 더 홍수 이야기(위험스럽게 액체가 되어버린 시간 이야기)와 관계된 것임을 잘 증명해준다. 왜냐하면 엠마가 상상하는 미래의 정점에서 엠마는 "나날은 한결같이 멋있었고 파도처럼 모두가 닮은 것이었다"라고 스스로 말할 수밖에 없기 때문이다. "잃어버린 날들"의 구절에서와 마찬가지로 서로서로 용해되어버리는 날들의 무정형한 반복의 이미지를 여기서 다시 보게 된다. 그녀의 환상의 중심에서 엠마가 스스로를 위해 상상할 수 있는 최고의 미래는 시간의 액체적 반복 이외의 그 어느 것도 그녀에게 제공하지 못한다. 가상의 날들의 끝없는 흐름은, 1부 마지막 부분에서 그녀의 실제 삶을 금가게 했던 잃어버린 날들에 대한 끔찍한 반복의 공포를 상기시킨다. 미래의 집에서 살고자 하는 그녀의 첫 번째 시도는 그 시간 홍수에 의해 방해받는다. "편지도 방문도 없이 9월의 날들이 흘러가버렸다. (……) 미래는 일종의 캄캄한 복도였고 그 끝에 나 있는 문은 꽉 잠겨 있었다." 미래의 삶에 대한 그녀의 환상이 그녀의 실제 삶의 불행을 반복할 때 공포는 증가할 뿐이다. 그 두 가지 경우에서, 반복이라는 형태만 가지고 있을 뿐, 진짜 미래나

견딜만한 현재도 허용해주지 않는 시간의 액체적 유사성 속에 엠마는 침수된다. 조건법으로 된 환각적인 삶은 그 어떤 새로운 것도 가져다주지 않는다. 그 삶이란 것은 그녀의 삶이 아닌 지나가버린 것의 기계적인 반복에 지나지 않는다. 그녀로 하여금 새로운 삶을 확신하도록 사용되어야 할 집은 텍스트의 다른 모든 건축 구조물들과 마찬가지로 역시 금이 간 것으로 드러난다. 미래를 위한 집을 짓는 대신에 시간은 항상 그 집에 살고자 노력하는 주체의 설립을 부식하게 된다.

시간 기아증

엠마의 삶의 궁극적인 해체는 그녀가 먹는 것을 거부하고 시간을 소비하는 데에 자신의 일을 한정시키는 순간들을 만들어내면서 시작된다. 예를 들어 그녀가 로돌프와 상상의 여행을 하는 장면 앞 페이지에서 플로베르는 엠마가 "머지않아 다가올 행복을 미리 맛보는 일에 푹 빠져 있었다"라고 말한다. 그런데 엠마가 시간을 소모하려고 노력하는 유일한 등장인물이 아님에도 불구하고 그녀는 특별히 시간을 잘 소화하지 못한다. "만찬 후에 자신들이 소화하는 송로松露의 뒷맛을 반추하는 사람들처럼 자신의 행복을 되새김질하면서 떠나버렸던" 샤를르와는 달리 엠마는 시간을 신진대사시키지 못한다. 샤를르가 "자신의 행복을 되새김질하는 데" 반하여 엠마는 자신의 실제 삶 속에서 시간을 헤아리지도 못하고,

상상의 미래 속에 시간을 보존하지도 못한다. 왜냐하면 이미 보았다시피, 그리고 샤를르의 예가 보여주다시피, 시간이 저장되기 위해서는 동화되어야 하기 때문이다. 미래를 상상하는 장면에서, 엠마가 시간 역시 잘 동화시키지 못하는 이유는 그녀가 시간으로 영양을 섭취하는 대신 시간에 중독되어 있기 때문이라는 것을 증명해준다. 그녀는 육체의 소비를 시간의 소비로 대체한다. 그녀의 육체는 그 혐오스런 물질을 잘 받아들이지 못하고, 의식적이면서 동시에 무의식적인 동화 거부 속에 그 물질을 내던져버리게 된다. 엠마는 내가 "시간 기아증boulimie temporelle"이라고 이름 붙이고자 하는 것으로 인해 고통 받는다. 시간을 삼키려는 그녀의 수많은 시도들은 쓰디쓴 실패로 끝난다. 그녀의 노력에도 불구하고 엠마는 시간을 먹는 대신 시간에 의해 먹히는 것으로 끝나고 만다.

그녀의 삶이 시간에 의해 갉아 먹힘에도 불구하고 엠마의 육체는 훨씬 더 무서운 운명을 겪는다. 시간을 소화하지 못하는 그 육체를 시간은 덜 이상한 방법으로 보존하고, 보존과 침식이라는 동시 공격을 그 육체에 가한다. 플로베르는 두 배로 걱정스러운 이 행위를 소설의 가장 천박한 이미지들 중의 하나에서 기술하고 있다. 2부 1장에서 플로베르는 갑자기 현재 시제로 바꾸면서 이렇게 쓴다.

지금부터 이야기하려는 사건이 있은 이후에도 사실 용빌에서는 변한 것이 아무것도 없다. (……) 약제사의 태아 표본은 흰 부싯깃 덩어리처럼 탁해진 알코올 속에서 점점 더 썩어가고 있다. 또 여관의 대문 위에는 비를 맞아 퇴색한 낡은 금사자가 변함없이 곱슬곱슬한 강아지 털을 행인들에게 보여주고 있다.

이곳은 플로베르가 미래 시제를("이야기하려는que l'on va raconter") 현재 시제("썩어가고 있다se pourrissent")로 이행하면서 과거 시제("변한n'a changé")에 접목시키는 〈마담 보바리〉의 아주 드문 순간들 중의 (어쩌면 유일한) 하나이다. 그러나 그는 결코 더 많은 악의를 보여주지 않을 것이다. 왜냐하면 그 동사의 시제들이 환각적으로만 적법하기 때문이다. 그 시제들은 자체가 시간을 넘어서 있는 사건들을 이야기하고, 실패한 비-주체들non-sujets의 끔찍한 비-활동성non-activité과 관계된 사건들을 이야기하고 있다. 이렇게 기술된 행위는 역설적으로, 끝없는 부식과 분해 과정 속에 휩싸인 보존적 정지 행위다. 이 표현은 엠마의 육체에 대한 시간의 행위를 완벽하게 요약한다. 죽은 상태로 태어나고, 동시에 끊임없이 부식되는 엠마는 표본병 속의 태아보다 더 살아 있다고 할 수 없다. 이야기된 사건들이 발생한 후에 오메의 태아 표본들이 오랫동안 액체에 담겨져 있는 것처럼 엠마의 육체는 플로베르의 스타일 속에서 유영하고 있다. 그 육체는 매끈매끈한 액체성이 부식을 야기하는 화자의 목소리 속에서 떠다니고 있는 반면 진한 농도는 그것의 보존을 보장해준다. 그 서사적 용액을 기술적 용어(그러므로 너무 방부제적인)로 표현한 것이 바로 "자유 간접

화법"이다. 그러나 이 명칭은 그가 묘사한다고 주장하는 쓰디쓰고 점착성이 있는 현상에 너무나 커다란 순수성을 부여한다. 그를 잘 이해하기 위해서는 끊임없는 부식과 석화 작용이라는 이상한 상태의 스타일 속에서 붕붕 떠다니는 엠마 보바리의 육체를 상상해야만 한다. 이 구절에서 우리에게 직접 이야기하는 플로베르의 예언자적 목소리를 들어야만 한다. 애매한 이야기 중간에 갑자기 솟아오른 "썩어가고 있다"라는 동사에 의해 플로베르는 엠마와 마찬가지 방법으로 현재에 보존된 과거의 발효된 부동 상태에 살도록 강요된 독자를 상기시킨다. 흐르면서 그리고 감추어진 그 목소리는 엠마가 결코 죽지 않았다고 우리에게 말하고 있다. 왜냐하면 엠마는 우리 몸속에 보존되고 있기 때문이다.

—브뤼노 샤우아Bruno Chaouat에 의해 영어에서 번역된 텍스트임

엠마의 쇼핑

조르주 페드라자 JORGE PEDRAZA

엠마 보바리가 플로베르 소설에서 현대적인 여주인공으로 드러나는 것은 본질적으로 쇼핑을 통해서다. 쇼핑은 엠마의 실존에서 일회적이거나 하찮은 에피소드가 아니라 엠마 체험의 심장부에 위치해 있다. 얼마 되지 않은 재산을 가진 시골 의사의 젊은 아내 엠마는 물건을 구매함으로써 스스로를 몽환적 세계에 빠뜨린다. 비굴한 상인인 뢰르가 교활하게 엠마에게 제공하는 상품들은 대부분 "신상품nouveautés"으로, 그 지방의 소시민적 삶의 단조로움에서 절망적으로 도망치고자 스스로 무대에 등장한 엠마에게, 그만큼의 연극 소품이 되고 있다. 새로운 것은 빨리 잊혀지기 때문에, 하나의 환상에서 또 다른 환상으로 넘어가는 여주인공은, 자기 존재에서 매번 가장 새로운 것을 맞이하고 싶은 욕망에 사로잡힌다. 엠마에게 있어서 쇼핑은, 자신의 과거를 해체하는 것인 동시에 자신의 현재를 청산하는 것이다. 그것은 망각의 한 방법일 뿐 아니라 또한 자신의 인격을 근본적으로 개조하는 방법이다. 푸코의 말을 빌자면, 구매한다는 것은, 즉자의 즉자에 대한 관계를 개입시키고 있기 때문에 하나의 윤리 행위가 된다.[1] 엠마는 이처럼 쇼핑을 하면서 시간과 공간 위에 분명하게 자리를 차지하고 비록 찰나적이기는 하지만 그것을 상상의 세계로 대체시킨다. 그것은 엠마로 하여금 피부를 바꾸게 허용해주고 결국 엠마를 "완전히 현대적"으로 만들어준다. 엠마가 근본적으로 현대적인 여주인공으로 여겨질 수 있는 것은 결국 소비자로서다. 엠마에게 있어서 쇼핑은 결국 소설을 읽는 것과 마찬가지고, 현실과 삶의 보충물로 독서를 하는 것이다. 그것은 독서를 상품이라는 물질로 구체화하는 하나의 방법이다. 사실 구매하는 것과 독서하는 것은 동일한 증상의 두 가지 측면을 구성하고 있다. 왜냐하면 독서가 구매를 자극하고, 엄밀하게 말해서 구매가 전술한 독서의 연장을 구성하기 때문이다. 엠마는 독서에 열중하게 되는데 그 이유는 독서가 또 다른 현실에 환상을 갖게 하는 수단일 뿐 아니라 자신으로부터 현실 대체된 나를 만들어내는 방법이기 때문이다.

독서/소비는 플로베르가 엠마의 성격을 이야기할 때 강조한

---

1) 미셸 푸코Michel Foucault 참조, 〈계몽주의란 무엇인가?Qu'est-ce que les Lumières?〉, 〈말해진 것들과 씌어진 것들Dits et écrits〉, IV권, 1980~1988, 갈리마르, 파리, 1994; 〈성의 역사Histoire de la sexualité〉, I-III권, 갈리마르, 파리, 1976~1984.

첫 번째 자질이다. 어린 엠마가 베르나르뎅 드 생 피에르Bernardin de Saint-Pierre의 〈폴과 비르지니Paul et Virginie〉를 읽고 그 내용을 꿈꾸기 시작한다. "그녀가 〈폴과 비르지니〉를 읽고 나서 대나무로 지은 오두막집이며 흑인 노예 도밍고, 강아지 피델로, 그리고 특히 마음씨 착한 어린 동생의 우정을 꿈꾸었다."[2] 엠마 스스로 몸과 마음을 이야기 속에 투사해서 등장인물의 애정적, 육감적 경험과 정체성을 상상으로 드러낸다. 수녀원의 젊은 처녀는, 교리 교육을 반복하면서 일종의 신비로운 우울감으로 스스로를 달랬고, 종교적 의례의 풍부한 신비주의에 빠졌다. 엠마는 그 당시에 특별히 "약혼자, 배우자, 천상의 애인, 영원한 결혼"이라는 말의 메타포에 열정적으로 빠져들었다. 이런 메타포는 잘못해서, 즉 문자 그대로, 그리고 감각적으로 방황을 읽어내는 징후적 성향을 보여준다. 성 아우구스투스는 〈기독교 교리Doctrine chrétienne〉에서, 방황이 야기할 수 있는 무시무시한 결과 때문에 방황을 경계하고 있다. 가톨릭 의례를 통한 엠마의 경험들은 그녀의 독서와 뒤섞이게 되고, 그녀의 모든 독서에 자국을 남기는 특별한 방향을 부여하게 된다. 수녀원 안에는 이미 엠마의 문학적 식이요법을 형성하는 참고 문헌들이 절충적으로 배치되어 있다. 왜냐하면 참고 문헌을 단순히 병렬로 연결해보아도 엠마 고유의 것이라고 여겨지는 느낌과 감정의 전이가 가능해지기 때

2) 귀스타브 플로베르, 〈마담 보바리〉, 지에프-플라마리옹GF-Flammarion, 파리, 1986.

문이다. 엠마는 책을 많이 읽는다. 그녀는 가장 낭만적인 샤토브리앙Chateaubriand의 〈기독교의 정수 *Génie du christianisme*〉를 사제 프레시누Frayssinous의 〈설교집 *Conférences*〉과 성서 요약본과 함께 읽는다. 동시에 엠마는 "혁명 때 몰락한 옛 귀족 가문 출신"인 속옷 담당 노처녀가 수녀원에 몰래 들여온 옛날 소설들을 읽는다. 이 소설들은 "한결같이 사랑, 사랑하는 남녀, 쓸쓸한 정자에서 기절하는 박해받은 귀부인, 여관에서 살해되는 마부들, 어두운 숲, 마음의 혼란, 맹세, 흐느낌, 눈물과 키스뿐이었다."…… "사랑, 사랑하는 남녀"라는 요소들의 반복, 상황과 극적인 상태의 빠른 전개, 플로베르가 이런 소설들을 말하는 방식에 있어서 모든 것이 혼동, 응축, 남용의 효과를 주는 데 기여한다. 프로이트가 조목조목 이론적으로 진술한 꿈의 작업이라고 말할 수도 있겠다. 플로베르의 텍스트 자체가 그녀의 감각과 경험을 꿈의 상태나 분석으로 변경시키는 정신처럼 기능하고 있다. 엠마가 읽은 갖가지 책의 내용은 이런 연애 소설의 혼동된 형태를 가지고 있는 것으로 보인다. 엠마는 라마르틴느Lamartine, 월터 스콧Walter Scott, 프랑스와 유럽의 역사 소설들을 읽는다. 그녀의 독서는 책에만 한정되어 있는 것이 아니다. 그녀는 또한 문화적 파편의 배합을 잘 흡수하고 있다. 음악 시간에 소녀들이 노래하는 감상적인 연가들, 속옷 담당 노처녀가 부르는 사랑 노래들, 반 친구들이 몰래 가져온 새해 선물로 받은 암송용 명시 선집들, 엠마 자신이 수녀원 앞에 있는 식당에서 식사할 때 사용한, 루이 14세와 궁정을 찬양하기 위한 그림이 그려진 낡힌 접시들. 궁정에 대한 향수와

고딕풍의 낭만적인 주제로 양념되어 활짝 열린 대중문화의 진부한 수법이 수녀원의 밀폐된 은둔 지역까지 침투해서, 엠마의 취미들을 반죽하려고 그녀의 정신 속에 슬며시 끼어들게 된다. 엠마는 향수鄕愁, nostalgie에 의해 현대적으로 되고, 현대성에 의해 회고적이 된다. 속옷 담당 노처녀에게는 향수가 되는 것이 엠마에게는 이미 다른 것이 되어버린다. 엠마가 꿈꾸는 것으로부터 이미 한 세대 이상 멀어진 문화에 있어서, 궁정에 대한 감상적 문화는 더 이상 엠마가 머무는 향수가 아니라, 차라리 일종의 계획된 우수憂愁이고, 상황적이고 심지어 구조적인 우수이다. 이것이 바로 플로베르 현대성의 비밀일 것이다.

강박관념적 독자인 엠마는 그럼에도 불구하고 여전히 독서 프로그램을 가지고 있다. 그녀에게 있어서 이야기들이란 대체용 삶이나 대체용 인격들이며, 입어야 할 그만큼의 치마, 취해야 할 그만큼의 태도, 흔히 있을 법하지 않을 정도로 정적靜的이지만 자기 자신이 그 속에 투영되는, 선명하고 정교하게 그려진 그 만큼의 그림들이다. 레옹은 엠마와의 첫 번째 대화에서 엠마의 독서 습관을 완벽하게 기술하고 있다. 책 한 권을 들고 레옹이 이렇게 말한다.

아무 생각도 하지 않고 있는 동안 시간이 흘러가죠. 움직이지도 않고 가만히 앉아서 눈앞에 보듯 여러 나라를 돌아다니고,

생각은 지어낸 이야기 속으로 끌려 들어가 자잘한 묘사 속에서 노닐기도 하고 사건의 윤곽을 뒤쫓기도 하지요. 등장인물과 한 몸이 되어 그들의 의상 속에서 자신의 심장이 고동치는 것만 같아지는 거예요.

세세한 것들을 통해, 특히 디테일의 고요한 이미지를 통해 독서에서 쇼핑으로의 이행이 이루어진다. 예를 들어 월터 스콧을 읽으면서 엠마는,

해묵은 장원에서 긴 드레스를 입은 성주 마님처럼 살아보고 싶었다. 그리하여 홍예문의 클로버 무늬 장식 밑에서 돌 위에 팔을 기대고 턱을 두 손으로 괸 채 들판 저 끝에서 흰 깃털로 장식한 기사가 검정말을 타고 달려오는 것을 바라보면서 세월을 보내고 싶었다.

엠마는 클로버 무늬 장식의 홍예문, 흰 깃털, 그리고 검정말과 같은 디테일들을 위해 독서를 하는데, 이런 것들이 엠마의 투사적 기억력에 자극을 준다. 엠마가 구매를 하려고 할 때, 이런 세세한 것들에 대한 기억들이, 그녀가 또 다른 현실에서 무대에 오를 때 함께 등장하는 소품이 된다. 그러나 평원 저편에서 그 기사가 오는 것을 쳐다보면서 그 창문에서 "세월을 보냈던" 여인들의 이미지에 의해 전달된 그 기묘한 시간의 응결 속에는 치명적

인 무엇인가가 있다. 연속체로 분할되고 완결된 삶의 시간에 채여 불완전하고 끝없는 독서의 시간은 균형을 잃어버린다. 독서, 독서가 제공하는 시간을 초월하는 이미지, 디테일 그리고 구매, 이것들은 시간을 초월하는 수단이다. 그러나 이런 "여행으로의 초대"가 적어도 〈마담 보바리〉에 의해 제공된 관점 안에서는 "단순히" 문학적인 현상만은 아니다. 마담 보바리의 문화는 가장 세속적인 세부사항까지 전반적으로 포화상태에 놓여 있다. 엠마가 어렸을 때부터 그녀는, 그녀의 세계가 중독되어 있는 낭만적이고 신비스러운 것 일체에서 시작된 상상의 모험을 통하여 황홀경에 빠진다. 그녀의 존재는, 차후 19세기 중엽에 저속한 사진과 흔해빠진 싸구려 물품으로 축소되어버린 궁정풍이면서/혹은 이국적 문학의 무대장식과 시나리오의 드라마적 방식, 더 나아가 멜로드라마적 방식에 근거한 일련의 상상적 횡령을 만들어낸다.

소설은, 일종의 몽환적 상점을 만들어내면서 전체적으로 엠마의 경험과 성격을 형성할 문화적 잔해들의 목록을 작성하고 있다. 여주인공의 상상적 축적은 특별한 논리에 의해 조종된다.

그녀는 무슨 일에서나 뭔가 개인적인 이득 같은 것을 얻어내지 않으면 성이 차지 않았다. 그녀는 개인적 욕구를 당장에 만족시키는 것이 아니면 무엇이나 다 소용없는 것이라 하여 물리쳤다.

사실 넓게 보면 자기 삶의 지도 원리이기도 한 자신의 독서 지도 원리는, 낭만적 혹은 감상적 유형의 개인적 즐거움에서 이익을 얻고자 하는 냉혹한 유용성 계산의 지도 원리이다. 어찌 생각하든 엠마는 낭만적 투기가이고, 감정의 자본주의자이지만 감정적 소비에 있어서는 구두쇠다. 그녀의 애정 상점은 이처럼, 본질적으로 상업적인 기계와 자본주의적인 가치를 지닌 구조에 의해 내부적으로 조절된다. 진정 현대적인 엠마는 교환 가치의 계열체를 내면에 담아 두고 있다. 그녀의 경험은 유용성, 이익, 그리고 소비와 관계된 일들이다. 그러나 그녀는 축적하기 위해 소비한다기보다 소비하기 위하여 축적한다. 예를 들어 발자크의 수전노들인 곱세크Gobseck와 그랑데Grandet 혹은 덜 엄격하게 따지면 〈마담 보바리〉의 뢰르와 기으멩Guillemin에 의해 구현되는 후불제 이익에 근거한 소유적 개인주의 원칙이 거울에 비춰지는 이미지와 같다. 엠마는 일종의 희생 속에 축적된 에너지를 불태우면서, 유용성 경제원칙에 의거한 조르주 바타이유식의 비틀림을 감수한다.[3]

이 구절에서 플로베르는, 소설 속의 엠마에게 존재하는 구매하는 것과 독서하는 것 사이의 연결 논리를 설명해준다. 두

---

3) 조르주 바타이유Gorges Bataille, 〈저주받은 몫La part maudite〉, 〈작품집〉, VII권, 갈리마르, 파리, 1976.

가지 경우에서 플로베르의 여주인공은, 구매하는 것처럼 독서하고 낭만적 독자로서 구매하면서, 강박관념적 소비자로 행동한다. 엠마는 물건들을 끝까지 사용하고 남용하고 마모시킨다. 엠마는 물건들을 소비하고 소모한다. 그녀의 "마음"은 상상적 자산에 대한 냉혹한 소비자다. 그런데 19세기 전반에 프랑스에서 급속도로 퍼진 상업 문화에서, 이 상상의 자산들은 점점 더 소비제품의 형태, 즉 개화된 대중시장에 유통되는 제품의 형태를 띠게 된다. 엠마가 탐독하는 낭만주의 문학은, 광고가 자신이 파는 상품에 대해 하는 것과 거의 유사하게 기능하기 시작한다. 낭만주의 문학은 소유하고 싶은 대상에 강렬한 상징적 의미를 부여하기 때문에, 독자들이 그 대상에 투자하도록 유발시킨다. 아이러니컬하게도 이 수많은 절박한 욕망은 정확히 물질주의의 거부에서 생겨나고, 자본주의 체제에 있어서 현대적 삶에 대한 "냉정한 계산"에서 생겨난다. 현대 상업주의는 유지되기 위하여 스스로 생산해내는 거부의 정신을 이용한다. 이것이 바로 엠마의 구매자라는 직업의 비극적 구조를 암시하는 사이클이다. 즉각적으로 소비하고자 하는 엠마의 욕구는, 자신의 개인적 이익에 불필요해 보이는 모든 것을 거절하는 것을 강조함으로써 전달된다. 그녀가 소비할 수 있는 뭔가가 아니라면 그녀는 즉시 그것을 거부한다. 소비가 현실을 만들고 개조한다. 엠마에게 있어서 구매하고 독서하는 것은 결코 하찮은 행위가 아니고, 자기 역할의 기저 기능을 표현하는 것이다. 여주인공의 상황은, 데카르트의 코기토를 현대적으로, 그리고 상업적으로 도치한 용어로 거의 형식화될 수 있을 것이다. "나는 구매한다, 고로 나는 존재한다."

수녀원의 책과 미사곡을 읽는 것/소비하는 것에서 쇼핑으로의 이행은 보비에사르 무도회에서 이루어진다. 이 에피소드를 자세히 관찰해보는 것이 도움이 될 것이다. 의료사고로 당데르빌리에 후작이 샤를르를 방문하는 것이 그들을 초대하게 된 시발점이다. 엠마의 무도회 참석은, 그녀 자신이 환상적이고 멋진 방법으로 경험하게 되는 실제 사건이다. 엠마에게 있어서는, 자기 독서의 세계 즉 긁힌 접시와 속옷 담당 노처녀가 가져다주는 소설 속에 묘사된 그 세계가 갑자기 구현되는 것처럼 모든 것이 진행된다. 그러나 후작의 세계는 토트에 사는 엠마의 세계와 조금도 일치하지 않으며, 엠마는 무도회의 황홀한 경험을 다시는 맛볼 수 없을 것이다. 엠마가 적막한 토트로 돌아온 후 "보비에사르로 여행한 것이 그녀의 생활 속에 커다란 구멍을 하나 뚫어놓고 말았다"라고 화자는 적고 있다. 그것이 바로 엠마가 소설 끝까지 메우려고 노력하게 될 커다란 심연이다.

무도회의 중요한 순간에 엠마는 창문 너머로 무도회를 엿보는 농부들의 얼굴을 보게 된다. 그리고 그녀는 어린 시절, 농장에서의 이미지들을 기억하게 되는데 그 순간에 그녀의 과거가 자취를 감추어 버리는 것처럼 보인다. "섬광처럼 번쩍이는 현재로 인해 방금까지 그렇게 또렷했던 과거의 생활은 간 곳 없이 자취를 감추어버렸고 과거에 정말 그렇게 살았었는지 의심스러울 지경이 되었다." 현재의 황홀이 과거를 제거해버렸고 엠마에게 있어서 쇼핑과 연결되는 것이 바로 이 시간의 해고인 것이다. 엠마의 독서에 의해 준비되었던 강박적 소비에로의 길이 이렇게 무도회의 경험에 의해 열린 것이다. 그런데 좀 더 호기심을 자아내는 것은 플로베르의 텍스트가, 플로베르가 엠마의 독서를 기술하는 것과 거의 같은 방식으로 기능하고 있다는 것이다. 엠마가 세세한 것에 신경을 쓰며 독서하는 것과 똑같이 플로베르는 세세한 것에 신경을 쓰며 글을 쓴다. 엠마의 독서와 그녀의 구매 사이의 연속성은 서사적 묘사 기법에 의해 강화되고, 이것이 엠마의 현대성과 작가로서의 플로베르의 현대성을 형성하고 있는 것이다. 좀 더 자세히 살펴보자. 무도회에 대한 묘사는 의상과 소품 그리고 얼마만큼의 등장인물들을 강하게 강조한다. 플로베르의 기법은 원칙적으로 미학적이고 장식적인데, 사회학적인 차원에서는 고의적으로 불분명하게 사용되고 있다. 무도회에 참석한 사람들, 그들의 직업, 그들이 누구이며 그들이 부자인 이유를 여주인공이 모르고 있기 때문에, 그런 것이 여주인공의 것이 될 수도 있을 경험을 재창조하는 데 보탬이 되고 있다.

자리에 앉은 부인네들의 열께에서는 그림 부채가 하늘거렸고 미소짓는 얼굴들이 꽃다발에 반쯤 가려져 있는데, 금 마개 달린 작은 향수병이 반쯤 펴진 손안에서 돌아가고 있었다. 손톱 모양이 드러나 보이도록 꼭 낀 흰 장갑들이 손목의 살을 죄고 있었다. 레이스 장식, 다이아몬드를 박은 브로치, 큰 메달이 달린 팔찌가 브라우스 위에서 흔들리고, 가슴에서 빛나고, 드러낸 팔 위에서 살랑살랑 소리를 냈다.

부인들에 대한 묘사라기보다 부인들의 장식품, 소품들, "성장盛裝"하고 있는 다채로운 광경에 대한 것이기에 그 부인들의 모습은 그것들 뒤로 숨어버린다. 어떠한 순간에도 부인들이 문장의 주어가 되지 않는다. 단지 부채, 꽃다발, 향수병, 장갑, 다이아몬드 브로치, 메달이 달린 팔찌와 같은 사물과 얼굴의 미소, 손톱, 손목, 가슴, 맨살의 팔 같은 신체 부위만이 개인들의 특징에 대한 최소한의 감정도 전혀 만들어내지 못하는 것으로 보이는 일종의 강렬함과 만화경적 파편 속에서 눈부시게 빛나고 반짝인다. 사실상 표면적인 부의 완전한 진열만이 개인들과는 무관하게 자율적인 생명력을 가지고 활기를 띠고 있다. 마치 플로베르의 글이 갑자기 패션 잡지에서 상업적 용어로 흘러가버리기라도 하듯이 말이다. 그 구절 전체가 일종의 소품 카탈로그 같다. 전략적으로 매혹적인 표면을 만들어내는 풍부함의 무게에 눌려, 사람들은 개인을 시야에서 놓쳐버린다. 우리가 메시지를 이해하지 못할 경우를 대비하여 플로베르는 바이올린이 혼자 연주하는 동안 옆방에서 금화가 땡그랑거리는 소리가 들려왔다고 적고 있다.

남자들에 대한 묘사는 좀 더 명백한 방법으로, 그들의 사회적 계급을 나타내는 물신이 되어버린 상품과 등장인물들을 연결시키고 있다. "어딘가 서로 공통된" 남자들은, 마치 그들의 물질적 환경이 그들에게 옮아 물든 것처럼, 하얀 얼굴빛으로 특징지어진다.

그들은 부자들 특유의 안색을 띠고 있었는데 그것은 은은한 도자기의 빛, 비단 물결 무늬, 아름다운 가구들의 윤기로 인해 더욱 돋보이는 것이었다. 그 뽀얀 안색은 고급스러운 음식을 적절하게 섭취함으로써 건강하게 유지되는 것이었다.

플로베르의 자유 간접 화법은 엠마의 주관적 지각을 강조한다. 그 이미지야말로 가장 순수한 플로베르적인 이미지다. 정제된 아름다운 물건들이 만들어내는 물질 세계가 지워지지 않는 자국으로 사람들의 특징과 그들의 운명을 표시하면서, 사람들과 사람들의 상황에 일종의 물질 찌꺼기를 남겨놓는다. 그와 비슷한 또 다른 기억할 만한 구절에서 플로베르는 어떻게 엠마가 부에 대한 기호를 간직하게 되는지를 묘사하고 있다.

그러나 그녀는 체념했다. 아름다운 의상도 비단 구두까지도 그녀는 장롱 속에 경건하게 간직해두었다. 비단 구두의 밑창은 마루에 칠한 초가 묻어 노랗게 변색되어 있었다. 그녀의 마

음도 마찬가지였다. 부유한 생활과 접촉하는 바람에 지워지지
않은 무엇인가가 그 위에 씌워진 것이었다.

서랍장 속에 자신의 아름다운 의상을 "경건하게" 간직해
두는 제스처는, 엠마의 정신에서 부와 연결된 물질성, 점착성과
마찬가지로 강조될만한 가치가 있다. 왜냐하면 그것이 구매를 통
해서 그녀를 상품 사이클 속으로 들어가게 해줄 것이기 때문이
다. 무도회에서 집으로 돌아오던 중 샤를르는, 야회에서 돌아오
는 말 탄 사람들 중 한 명의 주머니에서 떨어진 것이 분명한 여송
연 케이스를 발견한다. 그 말 탄 사람들 중에서 엠마는 자작을
"보았다고 생각했다." 그 여송연 케이스를 샤를르에게서 빼앗으
면서 엠마는 그 부적에서 자작의 모든 황홀한 세계와 더불어 자
작의 정수를 불러일으키려고 시도한다. 엠마는 그 케이스가 자작
의 연인이 손으로 수놓은 선물이라고 상상하고, "한 땀 한 땀마다
희망이나 추억을 새겨 넣었다"고 상상한다. 그러나 소설이 좀 더
진행된 후에 그녀는 로돌프에게 그것과 "완전히 똑같은" 여송연
케이스를 잊지 않고 사줄 것이다. 그것은 대량으로 생산된 상품
이다. 엠마의 정신은, "상념에 잠긴 여공"의 "조용한 정열"로 채
워진 이미지만을 간직하는 그런 정신이다. 소설의 결말에서 여주
인공이 자살한 후 그 당시 열두 살 먹은 엠마의 딸 베르트가 방직
공장으로 보내졌다는 것을 결코 잊어서는 안 될 것이다. 여송연
케이스를 만지면서 엠마는 자작을 생각하고, 그녀의 생각은 자연

히 파리로 향하게 된다.

그녀는 지금 토트에 있다. 그런데 남자는 지금 저 멀리 파리에 있는 것이다. 파리는 어떤 곳일까? 얼마나 엄청난 이름인가! 그녀는 흐뭇하게 음미해보기 위하여 그 이름을 낮은 목소리로 되뇌어 보았다. 그 이름은 대성당의 큰 종과 같이 그녀의 귓전에 울렸고, 포마드 통의 상표 위에 찍혀 있을 때도 불타는 빛을 뿜어내는 것만 같았다.

파리는 엠마의 모든 욕망이 향하고 있는 도시다. 그곳은 그녀가 수많은 물품을 사는 장소며, 유행과 취향의 문제에서 최고의 권위를 대표하는 장소다. 플로베르가 마법의 파리에 대한 연상을, 교리문답을 반복하였던 수녀원에서의 세월에 대한 신비롭고 조숙한 우울감을 상기시키는 "대성당의 큰 종소리처럼" 엠마의 귀에 울리는 파리라는 단어의 메아리로 해석한 것은 의미심장하다. 플로베르의 작품에 종교적 경험이 개입될 때는 항상 초월적인 유심론이나 교리를 발판으로 한 감각, 의례의 현상학적 풍요로움, 그리고 상상력이 강조된다. 성 아우구스투스와 바울의 경고를 따르자면 엠마는 확실히 방황하는 독자이다. 엠마는 글의 표면적인 표현에 의해 함정에 빠져서 교리를 위반한다. 이 구절에서 플로베르는 소리에서 시각으로, 성당에서 약국으로, 지고의 선에서 조롱으로 이행해간다. 자신의 눈앞에서 파리가 불타는 빛을 뿜어내는 것을 볼 정도로 엠마는 스스로에게 "파리"라는 단어를 반복한다. 그리고 사실 파리라는 단어가 포마드 통의 상표에서까지 불타오르는데, 그것은 그녀가 틀림없이 잠재적으로 동일시했던 어떤 메시지이며, 지금 그녀에게는 자랑스러운 특징으로 두드러져 보이는 것이다. 문제의 제품은 소설에서 중요한 주제적 요소망에 속하고 특히 약제사인 오메라는 인물의 소유이며, 좀 더 넓은 의미에서, 물리적 세계에서는 끈적끈적한 것에 대한 불길한 상상 속에 포함된다. "불타는 빛을 뿜어내는 것 같았다"와 "포마드"를 연결함으로써 오메가 연고로 장님 유랑자를 치료해주겠다고 약속하는 소설의 마지막 순간을 상기시키고 있다. 엠마와 비소砒素의 최종적인 만남 또한 오메의 약병에서 기인한다.

동기가 없거나 근거 없어 보이는 것 속에 플로베르는 사실상 경제-문화적 신화의 모든 현대적 회로를 그려내고 있다. 감상주의 문학의 유산의 일부를 형성하는 세련미와 파리 사람의 우아함에 대한 신화들이 19세기에, 시골 의사의 부인이 차후에 그녀 자신을 위해 구매할 수 있는 포마드 통의 형태로, 그러나 그녀가 결코 다시는 경험하지 못할 것에 대한 기억의 형태로 시장에 모습을 드러낸다.[4] 여송연 케이스라는 단일 사건이, 플로베르가 반과거라는 문법 수단을 통해 과거에 반복된 사건으로 은밀하게 이행함으로써, 하나의 의례rituel가 되어버린다. 엠마는 밤마다 파리의 시장으로 가는 생선 장수들이 창문 아래로 지나가면서 부르는 노래를 듣는다. 그녀는 머릿속으로 그 사람들을 쫓아간다. 그러나 그녀의 꿈은 "어떤 불분명한 거리를 두고" 사라져버린다. "불분명한 거리"라는 단어 뒤에 숨겨진 신비를 간파하고자 하는 엠마는 쇼핑을 하러 간다. 그것은 마담 보바리로서의 삶의 리듬과 움직임을 표시하는 중요한 행위이자 소설의 잠재적 주제를 형성하는 중요한 행위이다. 엠마는 파리의 지도를 산다. 그리고 손가락으로 그 지도를 더듬으면서 정신적으로 파리를 산책한다. 그녀는 무엇을 하고 있을까? 그녀는 장을 보고 구매를 한다. 자신의 환각을 북돋우기 위해 구매를 하고 그 환각은 항상 좀 더 많은 구매를 함으로써 그리고 더 많은 소비를 함으로써 이루어진다. 소비 사이클은 자동으로 양분을 공급하고 끝없는 퇴행에 진입한다. 전형적인 플로베르적인 전이에 있어서 엠마는, 자신의 모험을 의식적으로 상상하면서 지도를 육체적으로 접촉하는 행동을 통하여, 모험이 현실을 지배하게 될 때에 깨어 있는 꿈으로 이행하고 있다. 플로베르는 물리적 현실과 꿈의 세계를 갑작스럽게 병치시킴으로써 부르주아적 현실이 소망의 환상적 세계에 대한 물질적 자국처럼 기능하는 방식을 밝혀내고 있다.

엠마는 〈라 코르베이유*La Corbeille*〉와 〈살롱의 요정*Sylphe*

---

4) 이 주제에 대해서는 발자크의 소설(《세자르 비로또와 저명한 고디사르의 영광과 쇠퇴의 역사Histoire de la grandeur et de la décadence de César Birotteau et L'illustre Gaudissart》)에서 외무사원의 상업적 기계 장치류와 향수 공장이 등장하고 있는 것을 다시 생각해보아야 할 것이다.

des salons〉을 정기구독하고, 연극, 사교계의 연회, 가수들, 그리고 상점의 개업과 관계된 글들을 게걸스럽게 탐독한다. "자신의 개인적 욕망에 대한 상상의 만족감을 추구하면서" 으젠느 쉬 Eugène Sue의 소설에서 가구 배치에 대한 묘사를 조심스럽게 공부하고 상드와 발자크를 읽는다. 자작에 대한 추억이 항상 그녀의 독서를 뒤따라 다니지만, "또 다른 꿈들을 비추도록" 운명 지워진 후광을 남기면서 결국에 사라져간다. 파리는 그녀의 꿈의 심장부에 위치한다. 파리는, 보비에사르 무도회에서 "현존하는 시간의 섬광"과 함께 이미 관찰된 점진적 소멸 효과를 재생해내는 일종의 신화적 면소免訴 판결이다. 파리 때문에 엠마의 장소가 현실감을 잃게 되고, 결국 파리가 엠마의 장소를 존재하지 않게 만든다.

그것은 하늘과 땅 사이에서, 다른 삶들을 초월한 삶, 폭풍 속의 숭고한 그 무엇이었다. 그 밖의 모든 세상사는 분명한 장소도 없이, 존재하지 않는 것이나 마찬가지로 사라지고 없었다. 게다가 가까운 곳에 있는 것일수록 그녀의 생각은 그것에서 멀어져 갔다. 그녀를 가까이 둘러싸고 있는 모든 것, 권태로운 전원, 우매한 소시민들, 평범한 생활 따위는 이 세계 속에서의 예외, 어쩌다가 그녀가 걸려든 특수한 우연에 불과한 반면, 저 너머에는 행복과 정열의 광대한 나라가 끝 간 데 없이 펼쳐져 있는 것처럼 생각되었다.

그럼에도 불구하고 그 고상한 "행복과 정열의 나라"는 지도와 책들에 의해 상기될 수 있다. 그때부터 엠마는 자기 독서의 보조물이 되는 소품들을 갖추기 시작한다.

그녀가 입고 있는 실내복은 앞이 크게 벌어진 것이어서 숄 모양으로 꺾어 접은 깃 사이로 금단추가 세 개 달린 주름 속옷이 드러나 보였다. 허리띠는 큰 술이 달린, 실을 꼬아 만든 끈이었다. 석류 빛의 작은 덧버선에는 폭이 넓은 리본으로 장식한 꽃송이가 달려 발목을 덮고 있었다.

세세한 것에 대한 화자의 근심은 명백히 엠마의 근심을 답습할 뿐이다. 엠마는 계속해서 자신의 존재를 풍요롭게 하고, 그녀의 존재는 상품 구매에 의해 원칙적으로 독서의 무대로 남는다.

편지를 쓸 상대는 없었지만 압지壓紙와 편지지와 펜대, 그리고 여러 장의 봉투를 사 두었다. 그녀는 장식 서랍의 먼지를 털기도 하고, 거울을 들여다보기도 하고, 책을 한 권 집어들기도 했다. 이윽고 행과 행 사이에서 꿈을 좇다가 책을 무릎 위에 떨어뜨리곤 했다. 여행을 떠나고 싶어지기도 했고, 수도원으로 되돌아가 살고 싶어지기도 했다. 죽어버리고 싶었고 동시에 파리에서 살고 싶었다.

플로베르가 인정하는 분신,―"엠마 보바리는 바로 나다"―
글쓰기라는 가상의 배출구, 설사 그것이 교신의 글쓰기라 할지라
도, 엠마에게는 이러한 것이 금지되어 있는 것처럼 보인다.[5] 그것
은 엠마의 글쓰기가 간통을 통해서 그 형체를 갖추기 이전에 더 많
이 구매하는 것으로 이루어져 있다는 것이다. 로돌프와 함께 있어
도, 레옹과 함께 있어도 구매에 대한 열광은 증가될 뿐이다. 그녀
는 출구 없는 회로에 갇혀 있다. 엠마가 꿈을 좇다가 파리에서 살
고 싶어 하거나 (구매하거나) 동시에 죽고 싶어지는 것을 제외하고는
아무것도 남지 않는다는 것은 우연이 아니다. 바로 이 순간 일련의
기나긴 구매가 시작된다.

루앙에서 회중시계에 장식 줄을 묶음으로 달고 다니는 귀부인
들을 보자 그녀도 장식 줄을 샀다. 그녀는 벽난로 선반 위에
청색 유리로 된 커다란 꽃병 한 쌍을 갖다놓고 싶었다. 그리고
얼마가 지나자 이번에는 은도금 골무를 담은 상아 바느질고리
를 갖고 싶었다.

플로베르에 있어서 흔히 그런 것처럼 명백하게 사실적인
디테일은 텍스트 간의 지시로 드러난다. 상아 바느질고리와 은도

---

5) 우리는 플로베르가 글을 써야만 했던 어려움을 알고 있다. 따라서 이 금지 속에서 그것을
확인할 수 있을 것이다.

금한 골무는 〈으제니 그랑데〉에서 샤를르 그랑데가 자기 가문의 이름을 재건하고 부를 쌓게 되는 인도로 떠나기 전에 자신이 사랑에 빠진 여자 사촌에게 남기는 선물이 아닐까? 물질주의의 정점에 위치한 여주인공을 구현하기 때문에 으제니 그랑데는 엠마 보바리의 부인할 수 없는 선임자이다. 이 또한 놀라운 아이러니가 되겠지만, 〈으제니 그랑데〉는 엠마가 읽었을 수도 있을(왜냐하면 그녀가 발자크를 읽었기 때문이다) 텍스트가 될 수도 있을 것이고, 냉정한 샤를르가 그것으로 으제니의 정열을 배반하고 파괴할 것과 똑같은 사랑의 "신성한" 표시들을 엠마가 구매함으로써 그 텍스트를 구체화하려고 노력하는 텍스트가 될 수도 있을 것이다.

엠마의 쇼핑과 관계된 장치의 열쇠는 바로 비열한 신상품 판매 상인인 뢰르다. 이 인물은, 루앙과 특히 파리에서 유행하는 상품들을 용빌-라베이의 부르주아들에게 분배하는 지역 상인류를 대표한다. 그는 또한 마을의 카페-호텔의 독점과 루앙으로 통하는 교통수단에 항상 눈독을 들이고 있는, 비공식적으로는 전당포업자다. 증후적으로 보아 그는 그 마을 사람도 그 지역 사람도 아니다. 어디 출신인지 알려지지 않았지만 그의 억양으로 미루어 짐작컨대 아마 프랑스 남부 출신일 것이다. 뢰르는 어떤 면에서 보면 엠마의 쇼핑에 관한 또 다른 측면이다. 구매한다는 것은 돈과 엄격하게 연결되어 있기 때문에, 엠마의 소비계정을 관리하게 될 사람이 바로 뢰르다. 그는 어느 정도 돈과 자본주의의 은밀한 메커니즘의 후견인 상을 구현하고 있고, 외관상 너무나도 평온하고 아직도 농사 리듬에 맞춰진 공동체 생활의 가장 깊숙한 움직임 속으로 그 메커니즘이 침투하는 것을 구현하고 있다. 만약 엠마가 소비의 몽환적 이미지라면, 뢰르는 그 이미지가 자동 소멸될 때까지 그 이미지를 유지하고 생산하도록 돕는 숨겨진 기계장치를 연상시킨다. 뢰르는 엠마의 주관적 투자와 통화 시스템 내에서의 엠마의 객관적 참여 사이의 연계를 맡고 있다. 효과적으로 엠마를 부추겨서 그녀가 한 가족 전체의 부르주아 장식물을 구매하게 만들면서 그는 성공적으로 아름다운 물건에 대한 엠마의 욕망을 자극한다. 동시에 그는 취득의 합법적 수단을 조작하여 "베른느빌Berneville에 위치한 보잘것 없는 누옥"을 처분하는데 성공한다. 그리고 아주 우스꽝스러운 코미디 같은 서명과 서류의 갱신에 의해, 예를 들어 "그 2,000프랑이 나타내는 무한한 숫자"를 제외하고는 아무것도 알고 싶어 하지 않는 엠마의 대출을 확대시킨다. 엠마의 불만족은 자신의 욕망만큼이나 집요해서, 그 모든 작은 장식품들은 그녀를 지지하는 남자들과 마찬가지로 그녀를 만족시키지 못할 것이다. 그것은 단지 고통 받는 젊은 부인의 개인적인 병리학과 관계된 것이 아니다. 어떤 의미에서 보면 그것은 현대사회의 탈 신성神聖 가치 구조 안에서 상품과 통화 시스템의 논리적 귀결인 것이다. 엠마의 쇼핑 윤리학과 그녀의 구매 영웅주의가 〈마담 보바리〉에 등장하는 것은, 푸코의 용어를 다시 한번 빌자면, 주체화라는 억압적인 시스템의 틀 안에서다. 왜냐하면 헨리 제임스Henry James의 경멸적인 판단에 따르면

"그토록 하잘것 없는" 엠마의 투쟁은 특별히 소비사회의 상업문화적 억압의 무게로 측정되기 때문이다. 엠마는, 정확히 상업 시스템을 사용하고 남용하면서, 그리고 상업 시스템을 자기 고유의 윤리적, 미적 구조에 종속시키면서 투쟁한다.

사람들이 발자크에서 보게 되는, 한편으로는 돈과 자본의 소유주들 그리고 또 한편으로는 악마 같은 사람 사이에서 강력한 연계를 확인할 수 있기 때문에, 뢰르의 등장과 소멸은 기묘하게도 친숙하다. 호프만Hoffmann의 우화 속에 나오는 모래 위의 남자상처럼, 뢰르는 항상 가장 불길한 전환 시기에, 흉조가 드러나는 시간에 등장한다. 뢰르는 적절한 대리인의 상징이고, 만족하지 못한 욕망에 대한 보상의 상징이다. 뢰르라는 인물은 환상의 세계를 물질의 대체 구조로 연장하는 것을 굳건히 하고 있는데, 그 구조는 서사적 묘사라는 플로베르적 기법을 지배하고 있으며, 상품이라는 현대적 자본주의 안에서 사랑과 욕망의 경험을 지배하는 문화 방식을 표현하고 있다. 뢰르는 우리가 서사적 묘사의 층위에서 그를 지켜보았던 것과 마찬가지로, 줄거리의 층위에서 상품을 향한 물질주의적 충동의 필연적 귀결로 여겨진다. 엠마의 주관적 경험을 지배하는 상품에 대한 욕망 구조는, 우리가 보았다시피, 소설의 줄거리에서 일상적 경험으로 표현된다. 엠마의 보상적 대리물들은 충동을 부추기고, 다가올 추락을 준비하고 있기 때문에, 틀림없이 실망에 이르게 된다. 모든 과정은 물건과 빚의 축적에 의해 지배되는 것으로 보인다.

플로베르는 일종의 회계 장부를 들고 회계원의 상상력을 발휘하면서, 뢰르의 출현과 엠마의 구매를 공들여서 상세히 묘사한다. 뢰르는 편리한 구원으로 변할 수 있는 자기 기만처럼 그녀를 사로잡는다. 뢰르는 엠마가 레옹에게 자신의 사랑을 고백하는 순간에 등장한다. 그는 젊은 부인과 로돌프의 흔적이 있는 곳마다 뒤쫓아다니고 농사공진회까지 뒤쫓는다. 그는 이폴리트의 안짱다리 수술이 창피스럽게 실패로 끝난 후에 그를 돌봐준다. 그는 루앙에서 엠마가 레옹의 팔에 매달려 있는 것을 본다. 소설의 마지막 부분은 전부 뢰르의 재정압박으로 기록되어 있다. 차압통지에 의해 즉각 야기된 엠마의 자살이 있고 난 후, 그녀의 죽음으로 인해 차압이 연기되자 뢰르는 다시 공격한다. 그는 차용을 되풀이하는 샤를르를 못살게 군다. 기묘한 효과가 나타난다. 샤를르가 엠마를 흉내 내기 시작하는 것이다. 그가 멋쟁이 흉내를 내고 자신만의 쇼핑 여정에 몸을 내던진다.

샤를르가 죽자 결과적으로 빚의 청산이 이루어지고 고아가 된 베르트에게 유산으로 "12프랑 75상팀"이 남는다. 이 금액이 엠마와 샤를르의 개인적, 사회적 재산의 해체에 의해 플로베르가 관리하게 될 냉혹한 계정 속에서 일종의 유언으로 울려 퍼진다. 이처럼 플로베르는, 소설 시작 부분의 이미지인 "아무 것도 변하지 않은" 용빌의 이미지를 추억처럼 떠오르게 하면서, 소설의 결론에 확실한 돈 도장을 찍는다. 뢰르의 뜻하지 않으면서도 적절한 출현을 통해 플로베르는 새롭고 걱정스러운 주장과 더 많은 빚을 지고 다시 등장한다.

　　이러한 변증법은 이야기를 결말로 인도하는 마지막 위기까지 강도가 증가하면서 계속된다. 자본주의의 공연에서 미적 가치와 그 함의의 문제에 접근하기 위한 열쇠를 독자에게 맡겨놓은 채 그 유명한 "돈문제"가 반복해서 나타나고, 엠마가 불가피하게 그 문제를 잊어버리는 것은 이야기의 구조와 역동성을 의미심장하게 보여주기 때문이다. 뢰르는, 끝없는 억압의 힘을 받는 뮤mu 자(그리스 자모의 열두 번째 자 M, μ-역주)처럼, 엠마의 이야기를 결론에 이르게 하는 일종의 자극이나 충동이다. 뢰르는 어떤 의미에 있어서, 샤를르가 "그것은 운명의 잘못이다"라는 유명한 한 마디 말로 비난하는 바로 그 운명이라고까지 말할 수도 있을 것이다. 엠마가 관계되어 있는 만큼 뢰르는, "죽어버리고 싶었고 동시에 파리에 살고 싶었다"라는 문장에 의해 암시된, 즐거움의 원칙과 죽음의 충동을 기묘하게 섞어 놓은 칵테일인 것이다. 하지만 그와 동시에, 그는 재정적이고 부르주아적 현실을 엠마에게 갑작스럽게 상기시키면서 엠마의 꿈들을 방해하기 때문에 일종의 현실의 원칙으로 등장하는 것이 아닐까? 소설의 형식적 구조라는 용어로 표현하자면, 그가 자신의 형식을 이야기 속에 새겨놓고, 더 특별히 자신의 움직임을 이야기에 부여하고 있는데, 루카치, 바르트, 그리고 다른 많은 사실주의 소설 비평가들이 묘사가 서사를 지배하게 될 때의 이 움직임이 단절되는 것을 애석해한다.[6] 그러나 〈마담 보바리〉에서 뢰르와 엠마의 만성적 망각에 의해 제공된 서사적 움직임은 플로베르에 의해 묘사된 강렬한 물질주의와 밀접하게 연결되어 있다. 엠마의 망각은, 이미 살펴보았다시피, 구매의 열정과 분리될 수 없다. 마찬가지 방식으로 서사적 묘사는, 여주인공의 운명의 비극적 아치를 확대하면서 그것을 더 잘 재확인하기 위하여, 서사의 선적인 진행을 제거해버린다. 줄거리의 구조는 논리적이며, 주제적 층위에서 한편으로는 묘사를 지지하고 있고 또 한편으로는 묘사에 의해 지지되고 있다.

　　엠마가 구매하는 물품들과 그녀가 읽는 문학에 대해 엠마가 맺고 있는 관계는 매우 시각적이고 관능적이다. 수녀원에서의 매우 감각적인 반응들과 소시민에 의해 의례화된 신상품 소비에 대한 그만큼의 감각적 반응들 사이의 연속성은 종교적 미와 자본주의적 미 사이의 연계성을 역설하고 있다. 플로베르의 기법 자체는 물질세계에 대한 감각적 강화만을 반영하는 것이 아니라 어느 정도까지는 거기에 참여하고 있는 것이다. 그의 서사적 기법은, 우리가 보았다시피, 물질적 지각의 세부사항에 대한 심미화로 이루어져 있다. 플로베르가 자기 여주인공의 독서 습관을 통해 보여주려고 노력한 것처럼, 소설이라는 것은 그 자체가 하나의 상품이 아닐까? 플로베르가 만들어낸 물리적 외형의 상세하

---

6) 롤랑 바르트Roland Barthes, 〈현실의 효과L'effet de réel〉, 〈문학과 현실Littérature et réalité〉, 쇠이유, 파리, 1982; 게오르그 루카치Georg Lukacs, 〈서술하다 혹은 묘사하다 Narrate or describe〉, 〈작가와 비평가 그리고 다른 시도들Writer and Critic and Other Essays〉, 칸A.D. Kahn 번역, 그로셋 앤 던랩Grosset & Dunlap, 뉴욕, 1970.

고 정확한 복원의 끔찍한 유혹은 근본적인 변화를 겪는 물질적, 경제적 세계에서 일어난다. 부르주아 세계의 새로운 물질적 표면들은 광고와 마케팅 메커니즘에 의해 끈질기게 제시되고 감각적으로 되었다. 그 새로운 외관들—극적으로 변화된 산업기지에서 점점 더 대량으로 생산되고 축적되는 상품들—은 어떤 의미에서 부르주아 경험의 물리적 세계를 "다시 도배했다." 소설에서 뢰르에 의해 드러나는 신상품들의 지위는, 그것들의 현실과 그것들이 채우거나 혹은 장식할 현실을 단정하고 또 침투해 들어간다. 인간 경험의 기초가 되는 사회적 정치적 하부구조에 대해 의심스러울 정도로 무관심하기 때문에 비평가들은 흔히 플로베르를 탐미주의자로 분류하곤 했다. 그런데 엠마의 경험이 〈마담 보바리〉에서 이루어지는 방식에 대한 엄격한 조사에 의하면, 소설이 사실상 19세기 프랑스의 사회적, 경제적, 문화적 변형에 대해서, 그리고 주관적 경험의 층위에서 그 변형들이 표출되는 것에 대해서 매우 정교한 독서를 공들여 만들어낸다는 것이다. 뢰르는 자연스럽게 보일 정도로 오늘날 우리에게 친숙한 상업화와 소비과정의 중요하고 감춰진 근원으로 그 변형들을 의인화한 것이다. 그런 경향들을 19세기 초의 시골생활에 위치시키면, 그 현실이 너무나 친숙하게 되어버리므로, 갑자기 그 현실이 끝없이 낯설어져버린다. 플로베르의 소설적 전개와 부르주아 물질주의 외형에 대한 감수성은 그 상업적 담론을 재연한다. 내가 암시했던 바와 같이, 그 전개와 감수성은 상업적 담론에 반영되어 있고 또 그 상업적 담론을 아이러니컬하게 드러낸다. 물질주의의 미적 장치는 사실주의적 픽션과 그렇게 다르지 않다. 그래서 플로베르가 그와 같은 방식으로 그 상황을 상당히 인식하고 있음을 드러낸다. 〈마담 보바리〉는 부르주아 세계에서 심미주의와 픽션의 공간과 사용에 의해 제시된 힘겨운 딜레마와 대치하고 있고, 우리에게 어렵고 곤란한 대답 혹은 질문을 제공한다. 작가는 우리에게 우리 스스로 그 질문에 대답할 주도권을 남겨두고 있다. 훨씬 더 매혹적인 방법으로, 상업화된 시뮬레이션의 현대 세계에서 우리에게 길을 보여주는 가장 그럴싸한 도구를 우리에게 넘겨줄 수도 있는 사람이 바로 엠마였을까? 사실상 엠마가 자신의 고유한 세계와 토론하는 그 안에 영웅적인 동시에 흥분되는 무엇인가가 존재한다. 150년간이나 이 소설이 그렇게 대단한 매력을 주는 것은 틀림없이 그것과 많은 관계가 있다. 엠마는 단순히 뢰르의 공작이나 초기 소비 자본주의의 희생물이 아니다. 그녀는, 통제의 현대 사회에서 의지의 자율성이라는 가능한 희망을 위해 푸코가 붙들고 있는 자동교육 기술에 영향력을 지니고 있기 때문에 매우 동적인 요인을 형성하고 있다. 〈마담 보바리〉는 매순간 독창적인 시와 감정적 투자가 아이러니를 동반하는 것으로 여겨지는 비극이다. 그러나 플로베르가 매번 재도입하는 압도적인 하찮음과 아이러니의 감정에도 불구하고, 그 투자의 강도와 여주인공의 시적 자동교육의 저항할 수 없는 아름다움은 현대적인, 차라리 사실주의적인 영웅주의의 한 형태로 등장할 수 있다. 존재와 나는 아름다

워지기 위하여, 가능성의 세계에서 그리고 상업적 현실과 소비의
세계에서 그렇게 떨어져 있지 않을 필요가 있다. 우리는 그것을
보여주려고 노력했다. 엠마의 쇼핑은 결국 그렇게 나쁜 것이 아
닐지도 모른다.

—부뤼노 샤우아에 의해 영어에서 번역된 텍스트임.

그녀의 "수많은 삶", 그녀의 "수많은 증오"

안토니아 포니ANTONIA FONYI

〈마담 보바리〉[1]에서 죽음의 충동을 읽다

"인생에 대한 이런 아쉬움은 대체 어디에서 오는 것일까? 의지하는 모든 것이 한순간에 썩어 무너지고 마는 것은 대체 무슨 까닭일까?" 삶의 불충분함. 부패, 해체, 죽음.

이 질문이 사랑의 추억들을 마감하고 있다. 결혼 초 몇 달간, 보비에사르의 왈츠, 숲 속에서의 로돌프, 오페라에서의 라가르디Lagardy, 그리고 지금의 애인인 레옹에 대한 사랑의 추억들, 그런데 갑자기 엠마는 "다른 사람들과 마찬가지로 먼 거리에서" 자기의 현재 애인에 대한 사랑이 다른 사람들처럼 죽어버리는 것

---

1) 클로딘 고토-메르쉬, 보르다스, 〈가르니에 고전〉 시리즈, 파리, 1990.

을 보고 있다. 조금 전, 그녀가 그를 미워했고 "그와 헤어지고" 싶었던 순간에 그녀는 그의 잘못들을 검토하기 시작했다. 그리고 그녀는 곧 그것을 후회했다. "우상에는 손을 대는 것이 아니다. 거기에 칠해놓은 금박이 묻어나는 것이다." 이번에는 그녀 자신이 다른 사람들과 마찬가지로 자신이 증오하는 손으로 자신의 귀중한 물건을 분해하면서 자신의 애정을 해체하려고 시도한다. 그녀가 죽음의 해체력에 저항할 수 있다고 꿈꾸는 "위대하고 확고한 사랑"을 끊임없이 되찾음으로써 물리치고 싶은 파괴, 그녀 주변의 사물 속에서 부패를 품고 있는 그 파괴가 풍겨나오는 곳은 바로 그녀로부터이다. 그러나 그녀는 끝없는 그 싸움에서 녹초가 되어버린다. "사랑은 불충분하다"[2]라고 그녀는 결론 내리기에 이른다. 죽음의 왕국은 사랑이 사물들의 일관성을 보장해주기에 충분하지 못한 바로 그곳에서 시작된다.

엠마는 감히 사랑의 불충분함을 "부패"라고 부른다. 플로베르는 대담하게도 죽음에 대한 충동의 행진이 읽혀지는 소설을 쓴다. 〈마담 보바리〉는 죽음의 소설이고, 엠마 보바리는 용감한 에로스와 불굴의 타나토스 사이의 불공평한 경쟁의 상징적인 인물이다. 텍스트에서 삶과 죽음의 충동에 대한 임상진단을 읽어내는

2) 〈마담 보바리〉의 초고, 루앙 시립 도서관, Ms. g223 6, f°55v°.

것은 당연히 잘못이다. 소설은 스스로 영양분을 섭취한 현실을 왜곡하고, 소설이 창조이고 에로스의 승리라는 사실 자체를 왜곡한다. 그러나 소설 속에서 삶과 죽음 사이의 투쟁의 돌발적인 사태들을 쫓아가는 독서는 하나의 역동성을 나타낸다. 수많은 잡다한 요소에 의해 끊임없이 붕괴될 위협을 받는 텍스트의 기묘한 통일성과, 죽음에 대한 사랑에 의해 그 위대함과 하찮음이 결정되는 여주인공에 대한 독자의 양면성이 이 역동성에서 파생된다.

내가 제안하는 분석이 근거하고 있는 작품인 〈치명적 마조히즘과 생명의 보호자인 마조히즘*Masochisme mortifère et masochisme gardien de la vie*〉[3]이라는 책 속에 베노 로젠버그 Benno Rosenberg가 최근에 발표한—이 이론은 좀처럼 발표되지 않는다—삶과 죽음의 충동 이론의 개요를 살펴볼 필요가 있다. 프로이트 자신의 말을 빌자면 그 개요는 다음과 같다.

(……) 우리는 '에로스'와 '파괴의 충동'이라는 두 가지 근본적 충동의 존재만을 인정하기로 결정했다. (……) 에로스의 목적은 항상 더 많은 통일성을 이루는 것, 그러니까 보존하는

---

3) 프랑스 대학출판PUF, 〈정신분석학 불어 논문집Monographies de la Revue française de psychanalyse〉, 파리, 1991.

것이다. 그것은 관계이다. 반대로 또 다른 충동의 목적은 관계를 부수는 것, 그러니까 사물들을 파괴하는 것이다. 파괴 충동의 최후의 목적은 살아 있는 것을 생활 기능이 없는 상태로 이끌어가는 것이라고 우리들은 생각하게 되었고 우리들은 그것을 또한 '죽음의 충동'이라고 부른다.[4]

리비도(혹은 삶의 충동)는 생물(다세포동물) 속에서 그 생물의 존재를 분해하고자 하는 파괴 혹은 죽음의 충동과 조우한다. 리비도의 임무는 이런 파괴 충동을 해롭지 않게 만드는 것이다. 리비도는 이런 파괴의 충동을 외부세계의 대상들 쪽으로 방향을 틀게 함으로써 그 임무를 이행하고 있다……. (이 충동의 일부는) 유기체 속에 머물러 있고 그 안에서 리비도적으로 연결되어 있다……. (리비도에 의해 죽음의 충동 제어가 이루어지는 방식에 있어서), 우리는 단지 두 가지 종류의 충동이 혼합되어 이루어진다는 가설을 세울 수 있을 뿐이다. 결과적으로 우리는 결코 삶과 죽음이라는 각각의 고유한 충동만을 고려해서는 안 되고, 다양한 가치를 포함하는 이 두 충동들의 혼합만을 고려해야 한다. 충동들의 분해는 어떤 작용들의 효과로 충동들의

---

4) 〈정신 분석학 개론Abrégé de la psychanalyse〉, 안느 베르만Anne Berman 번역, PUF, 파리, 1949.
5) 〈마조히즘의 경제적 문제Le problème économique du masochisme〉, 앙드레 부르기뇽 Andre Bourguignon, 쉬스타 본 페테르스도프Chista von Petersdoff 번역, 〈작품집〉, PUF, XVII권, 파리, 1992.

혼합과 일치할 수도 있다.[5]

결론적으로 삶과 사랑의 리비도인 에로스는 관계를 조직하고 창조하며 개체를 통합하고 보존한다. 에로스는 움직임이고 확장이다. 에로스는 인격을 부추겨서 점점 많은 사물들을 통합하게 한다. 타나토스는 관계를 분해하고 단절하고 분절하고 마비시킨다. 삶이 지속되는 동안 타나토스가 목표로 삼는 죽음을 실현하지 못하게 하면서, 에로스는 타나토스와 혼합되어 자신의 연관관계 안에 그것을 포용한다. 그러므로 죽음이란 것은 두 가지 근본적 충동의 완전하고 결정적인 분리에서 생겨나는 것이다. 그러나 죽음이란 것은 또한 모든 활동, 모든 충동이 제거되어 있는 상태다. 결과적으로 죽음의 충동은 생명체 안에서, 그리고 유기 물질 내에서 죽음 직전에 활동한다. 그렇기 때문에 〈마담 보바리〉에서 죽음의 충동이 가장 명백히 읽히는 순간에도 죽음의 충동은 비록 그것이 극소량의 비율일망정 삶의 충동과 여전히 혼합되어 있는 것으로 나타난다. 죽음의 충동은 죽는 것으로, 유기체 상태에서 비유기체의 상태로 이행하는 과정으로, 즉 움직임으로 보인다. 비소의 영향으로 아직은 살아 있는 엠마의 사랑스런 육체는 시체로 변형되기 시작하고, 소설에서 마지막으로 등장할 때 사랑의 꿈속에서 연상된 그 육체는 샤를르의 품안에서 "썩어 (내려앉는다)." 때때로 사람들은 육체만이 에로스의 포옹에서 벗어나는 것이 아님을 보게된다. "그녀는 죽어버리고 싶었고 동시에 파리에 살고 싶었다." 플로베르의 아이러니의 예문으로 흔히 인용되는 이 문장 역시 고통을 부조리한 것으로 인정하게 하면서, 아이러니로 치유해야만 했던 그 고통을 폭로하고 있다. 엠마에게 있어서 파리는 자작의 거주지이고 사랑의 거주지이며 삶의 장소다. 중화되어야 옳지만 하나하나 독립되어버린 두 개의 충동, 즉 파리에 살고 싶은 소망과 죽고 싶은 소망의 동시성은 평행적으로 활동하고 있고, 결과적으로 근본적인 충동들이 반목하는 순간에 일치하는 것이다. 자살에 이르게 될 충동 성향을 갖는 것에서 충동 성향의 풀림에 이르는 그런 순간들의 빈도수가 엠마의 고통의 중요한 징후가 된다.

그녀 인격의 근간인 그 성향은 입, 항문, 생식기라는 다양한 리비도적 충동들의 일관성 결여로 드러난다. 에로스와 타나토스는 그 충동들을 통하여 그것들의 행동을 결정하면서 표현된다. 그것들을 통하여 나는 〈마담 보바리〉 안에 해체의 주제가 명백하게 존재한다는 것을 오랫동안 설명하고자 했다(결국 틀리지 않았다). 바로 여기에서 가학적-항문적 충동의 상대적 독립성이 유래한다. 그러나 이 독립성 역시 설명되어야만 했는데, 이 독립성은 죽음의 충동에 대한 상대적 독립성과 관계가 있다는 것을—나는 나에게 이런 해석을 제안해준 자닌 보르드Jeanine Bordes 박사에게 감사한다—인정해야만 했다. 이것이 바로 소설 내내 사람들이 관찰하는 일치와 동일한 유형이다. 리비도적 충동들의 불충분한 통합에 종속된 인격의 일관성 결여가 근본적 충동들의 불안한 결합을 감추어버리는 것이다.

〈마담 보바리〉에서 죽음의 충동 행진을 읽는 것은 결과적으로 거기에서 전개되는 모든 충동적 이야기를 읽는 것이다. 이런 이중의 독서에 대해 나는 단지 실마리만을 제공할 것이다. 그 실마리에 의해 우리는 "지칠 줄 모르는 썩어 들어감" 앞에 놓인 삶의 불충분함 이라는 신화 속으로 인도된다.

작동 중인 죽음

부패, 사람들이 "의지하는" 사물들의 붕괴, 인격을 지탱해주어야 하는 것의 일관성 결여와 같은 삶의 불충분성. 소설에서 주목을 끈 통일성 없는 "가련한 사물들" 중 첫 번째는 샤를르의 모자다. "혼합 양식"인 그 모자는, "매우 가늘고 긴 줄"이 매달려 있다고 하기보다는 떨어져 나온다고 해야 할 "일종의 술 장식"으로 완성되는, 온갖 종류의 모자 요소들을 합해놓은 모음이다. 샤를르는 의자에 앉아 무릎 위의 그 모자를 붙잡고 있다. 그러나 그가 학급에서 자신을 소개하기 위해 일어서야 할 때 모자가 떨어지고, 당황한 그는 자신의 이름을 제대로 말할 수 없게 된다. 일관성 없는 성적 상징은 정체성을 설정하기에 부적절하다.

샤를르는 사이가 좋지 않은 부부의 자식이다. 아버지는 자신이 소유한 얼마 되지 않는 재산을 못된 곳에서 탕진한다. 어머니는 재산을 지키는 것만 생각한다. "집에 있을 때 (그녀는) 다

리미질을 했고, 바느질과 빨래를 했고, 일꾼들을 감독했다." 한편
에서는 충동적인 혼란이 보이고 또 한편에서는 유치留置 경향과
청결, 규칙, 질서의 숭배가 보인다. 두 부모 중 어느 한 쪽에게서
도 인격의 정신적 진화가 그 결말, 즉 생식기 단계stade génital에
이르지 못한다. 결과적으로 그들의 자식들도 마찬가지다. 샤를르
의 모자는 남근상이 아니고, 잘못 붙여진 "일종의 술 장식"에 의
해 표현된, 성적 충동이 지배적으로 되지 못하는 정신적 성분들
의 혼합 이미지다. 그 충동은 만족되기를 요구하지 않는다. 엠마
와 함께 있어 행복한 샤를르는 "간밤의 희열로 부풀어 올라 마음
은 평온하고 몸은 만족한 채" 자신의 나날들을 시작할 것이다. 그
러나 그는 "만찬 뒤에 소화시키고 있는 송로의 뒷맛을 아직도 반
추하는 사람들처럼" 자신의 행복을 되새김질한다—성적 즐거움,
입의 즐거움, 소화의 즐거움 같은 모든 만족은 동일한 것이어서
그것들을 합해놓은 것은 모자 조각들을 합해놓은 것과 마찬가지
로 하나의 통일성을 이루지 못한다. 그럼에도 불구하고 만약 그
만족들이 전체를 이룬다면 그것은 샤를르의 성까지 지배하는 항
문 규칙règle anale 덕택이다. "그가 심정을 토로하는 것은 규칙적
이 되어버렸다(……). 다른 것들과 마찬가지로 하나의 습관이 되
어버렸다(……)." 다른 것들 중의 하나가 된 성적 충동은 인격을
통일해야 하는 자신의 임무를 완수하지 못했다.

통일성의 결핍은 근본적 충동들의 잘못된 혼합과 쌍을 이
룬다. 샤를르의 보수주의는 그것의 명백한 표출이다. 결코 그는

자신이 도달한 상태를 넘어서고 싶지 않다―엠마는 그의 "차분한 우둔함"을 비난할 것이다― 그의 삶은 에로스의 보존적 활동에 의해 지배되기 때문에 특히 강력한 퇴행적 경향―퇴행은 타나토스의 동맹군이다. 퇴행은 정신 발달의 통합 작업을 해체한다―에 대항하기 위해 사용된 그의 삶의 에너지는 새로운 경험들을 통합하는 쪽으로 그를 밀어 붙이기에 충분하지 않다. "그는 한 번도 극장에 가서 파리에서 온 배우들을 구경하고 싶은 호기심을 가져본 적이 없었다. 그는 수영할 줄도 모르고, 검술도 모르고, 권총도 쏠 줄 몰랐다……." 자신의 남편이 자신들(엠마와 로돌프)을 현장에서 붙잡을 것을 두려워한 엠마는 로돌프에게 "당신, 권총 가지고 있어요?"라고 묻는다. "그 가련한 샤를르를 미워할 어떤 이유도" 없는 로돌프는 그 질문이 "우스꽝스럽다"고 생각한다. 그래서 그가 검술을 하고, 오이디푸스적인 경쟁자의 역할을 하게 되기 이전에 그 질문은 거기서 멈추고 만다.

샤를르는 자신의 부인을 사랑한다. 있는 힘껏 그녀만을 사랑한다. 그러나 그녀를 잘못 사랑한다. 그의 힘은 사랑받는 사물과 나를 파괴 충동의 공격으로부터 보호하지만, 통일성을 형성하지 못하는 보수적 에로스의 힘이다. 샤를르에게 있어서 엠마는, 그가 그 관계들을 포착하지 못하는 놀라운 사물들의 집합체로 남을 것이다. 심지어 그는 그녀에 대해 일관된 이미지를 지각하지 못한다. "그늘진 부분은 까맣고 햇빛을 받은 부분은 진한 푸른색"인 엠마의 두 눈은—아마 플로베르의 착오인지도 모르지만 다른 어떤 순간에 "갈색"이 되는데, 이것이 이미지의 불안정성을 확인시키고 있다—즉, 연속된 색의 층으로 구성된 두 눈은, 다양한 천으로 층진 모자처럼 깊이를 알 수 없을 만큼 한이 없어서 샤를르는 그 속에서 자신의 반사된 모습만을 볼 뿐이다. 엠마는 샤를르의 전부이지만—"그에게 있어서 세상은 그녀가 입은 치마의 포근한 테두리를 넘어서지 못했다"— 그 전부의 부분들, 간단한 요리에 그녀가 명명하는 놀라운 이름, 은도금 골무가 들어 있는 상아 바느질고리는 이질적인 것들이다. "샤를르가 그러한 우아함을 이해하지 못하기 때문에 한층 더 그 매력에 끌렸다." 엠마는 미지의 사람에 대한 통로다. 그러나 통합적 에로스의 행동이 부족하기 때문에 그녀와 그녀의 사물들은 "금가루"가 될 것이고, 샤를르가 매일 아침 이용하는 커다란 도로의 "기다란 먼지 리본"과 혼합된 일관성 없는 수많은 요소들로 이루어진 물질이 될 것이다.

　　샤를르는 자신의 부인을 사랑한다. 있는 힘껏 그녀만을 사랑한다. 그녀는 샤를르의 충동들이 집결하는 대상이다. 그러나 그는 그녀를 잘못 사랑한다. 엠마는 사물들을 동화시키지 않으면서, 자신이 소유한 사물들의 통일성을 창조할 것을, 사랑의 고유한 일관성을 공고히 할 것을 사랑하는 사람에게 요구한다. "남자란 (……) 모름지기 (……) 정열의 위력, 세련된 생활, 온갖 신비들로 인도해주는 능력을 가져야 하지 않을까?"

엠마는 샤를르와 똑같은 형태의 부모 사이에서 태어났다. 자신의 욕구를 만족시키기 위하여 소비를 하는 아버지 루오 영감은 항문 규칙을 어기고 산다. 어머니를 대체한 수녀들이 엠마에게 "계율"을 부과하고, 자신들의 질서 속에 젊은 처녀를 붙잡아두고자 원하고, 그녀가 성을 포기하게 만들고자 희망한다. 그럼에도 불구하고 엠마는 샤를르와는 다르게 파괴적 퇴행의 위협을 받지 않는다. 반대로 에로스가 그녀를 변하게 부추기고, 미지의 사람을 탐험하도록 부추긴다. 다른 위험이 그녀를 노리는데, 그 위험은 엠마의 이야기 속에 처음으로 나타난 대상에 의해 상징화되어 있다.

수녀원에 정착하기 전날 엠마는 아버지와 함께 어떤 여관에 투숙하는데, 그 여관에서 발리에르 양의 이야기가 그림으로 그려진 접시에 저녁을 먹게 된다. 그림 아래에 있는 설명문은 "종교, 미묘한 감정, 궁정의 화려함"을 찬양하고 있다. 다시 말해 루이즈 드 라 발리에르의 사랑의 포기, 루이14세와의 위반된 그녀의 사랑, 그런 것들이 동반된 나르시스적 만족을 찬양하고 있다. 마치 행복과 행복의 포기, 즐거움과 고통이 함께 가야 하기라도 하는 것처럼 그 모든 것이 동시에 일어난다. 이렇게 읽게 되면 그것은 마조히스트 이야기가 되는데, 수녀원에서 엠마가 느끼는 최초의 흥분들, "날카로운 화살을 맞은 주님의 성스러운 심장"에 대한 그녀의 사랑, 그녀가 자기 자신에게 부과하는 고행들은 매우 강력한 마조히즘적 통일성의 증거가 된다. 그런데 마조히즘은 성도착증이 아니고 불쾌함, 기다림, 고통을 즐기는 각자가 소유한 능력이다. 앞의 여러 가지 좋지 않은 감정들을 견디기 위해 필수불가결한 것으로, 파괴와 자동파괴를 성적으로 자극하는 그 능력은 죽음의 충동을 삶의 충동으로 연결한다.[6] 샤를르의 모자는 불완전한 충동적 얽힘을 상징한다. 반대로 엠마의 접시들은 충동들의 결합을 보여준다. 단지, 에로스의 관계들에서 해방된 파괴 에너지의 표시들이 접시 위에서 보여주고 있는 것처럼, 그것들은 언제든지 분리될 수 있다. 그림들이 "여기 저기 칼자국들로 지워져 있었다." 그림들은 분리되었고, 연결되지 못했다. 엠마를 노리고 있는 것이 바로 이러한 위험이다. 그녀의 이야기는 그 위험에서 스스로를 보호하기 위한 기나긴 노력의 연속체가 될 것이다.

충동의 분리 위협에 대한 강력한 방어인 마조히즘은 엠마의 여성 동일체들을 결정한다. 루이즈 드 라 발리에르, 잔 다르크 Jeanne d'Arc, 엘로이즈 Héloïse(1101~1164, 가정교사인 철학자 아벨라르를 사랑한 여인으로 유명하다—역주), "유명하거나 불운했던 여인들." 자신에 대해 리비도를 투자하는 나르시시즘이 분리의 위험으로부터 보호해주었기 때문에 유명해진 여인들이다. 그녀의 모든 제스처에서 명백하게 드러나는 엠마의 강력한 나르시시즘은, 그녀에게 있어서 우월한 성적인 충동이 다른 사람 쪽, 즉 다른 성 쪽

6) 이 이론의 자세한 발표 내용은 베노 로젠버그Benno Rosenberg 참조, 앞의 책, I, II장.

으로 분출되는 대신에, 그 대상으로 여전히 주체 자신을 택하고 있는 단계에서, 오이디푸스 콤플렉스 초기단계에서 그녀의 변화가 멈춰진 것에 해당한다. 여기에서, 남성 동일체로 느끼는 수많은 순간들이 증명하듯이, 두 개의 성을 자신의 내부에 합병하면서 나르시스적 보충물 속에서 살고 싶은 욕망이 생겨난다. 사실 그 나르시시즘은 그녀가 사랑의 대상을 어렴풋이 느끼는 것을 막지 못한다. 그러나 그녀는, 오랫동안 사랑의 욕망에, "**희열**이니 **정열**이니 **도취**니 하는 말들이 실제로 인생에서 도대체 무엇을 (의미하는)지 알고 싶은" 호기심에 머물러 있다.

마조히즘은 당연히 사랑의 난관에 기여한다. 마조히즘은 나르시시즘과 일치 협력하여 리비도를 주체에 고정시킨다. 그와 동시에 접근할 수 없는 목표들을—엠마에게 있어 사랑은 항상 다른 곳에 있는 것으로, 공작 부인들의 규방, 레스토랑의 별실, 머나먼 이국지방에 있다— 욕망에 강요하여 결과적으로 만족될 수 없는 그 욕망은 고통의 근원이 된다. 그러나 엠마의 마조히즘은 일차적으로 방어적이어서, 그녀를 로돌프와의 행복으로 인도하는 커다란 긍정적 공헌을 하게 될 것이다. 근본적 충동들의 분리 위협은, 마조히즘이 그 치료약인, 고통을 사랑하는 그의 욕망을 더욱 해롭게 하는 것이다.

최종의 단계에 이른 고통은 죽음의 위험이 된다. 로돌프의 배신으로 야기된 위기가 가장 강렬해진 순간에, 엠마는 그녀의 육체와 정신이 모든 움직임을 멈추고 휴식을 취하고 있는 것처럼 "말도 하지 않고, 말을 알아듣지도 못하고, 심지어 고통을 느끼는 것 같지도 않아 보였다." 그것은, 에로스의 관계들에서 해방된 죽음 충동의 효과로, 무기물의 부동성과 무감각과 같은 것이다. 또 한편으로 그 분리에 의해 야기된 에로스의 해방도 위험한 것이다. 그와 같은 병에 걸렸을 때 엠마는 성체배령을 요구하고 가장 커다란 기쁨 중의 하나를 경험한다. "신을 향해 올라가서 마치 불붙은 향이 연기가 되어 사라지듯 그 사랑 속에서 소멸하려는 것만 같았다." 여기서는 리비도가 분리되어 활동하는데 "구세주의 몸" 속에 리비도를 대량으로 투자하면 엠마의 생명 에너지가 비워지게 된다.

그러므로 엠마에게 있어서 사랑하는 것은 죽음의 위험이다. 로돌프와 그녀의 사랑이 시작될 때 삭제된 구절에 의하면 "그녀 자신에게서 도망친 그녀가 그의 주위에서 희미한 숨결처럼 맴돌고 있는 것처럼 여겨졌다. 그래서 그녀의 인격에 대한 인식이 상실되어버렸다."[7] 어쩌면 플로베르는 죽어가는 샤를르에게 그런 사랑의 몫을 남겨두기 위해 이 문장을 삭제한 것인지도 모른다. 엠마는 에로스의 범람으로부터 스스로를 방어할 줄 안다. 그 대가로 끊임없이 불만족하게 되고, 방어수단을 얻게 되고, 타나토스에 의존하게 될 것이다.

7) 초고, Ms. g 223 3, f° 275.

죽음의 충동 역시 〈마담 보바리〉에서 읽어낼 수 있는 선행善行을 하고 있다. 죽음의 충동은 리비도가 쏟아져 나오는 것을 막아줄 뿐만 아니라 에로스의 작업을 긍정적인 방향으로 바꾸어 준다. 사물들을 분리함으로써 에로스는 그것들을 더 복잡하게 만들고, 더 풍요롭게 만든다. 왜냐하면 분리된 각각의 부분이 개별적인 가치와 기능을 가질 수 있게 되기 때문이다. 이처럼 엠마는, 자신의 여러 가지 인물 동일체에 의해 그렇게 되는 것과 마찬가지로 기질의 다양성에 의해서 그녀를 사랑한 사람들에게 "무수한 욕망"들을 자극하는 "모든 소설에 등장하는 사랑에 빠진 여인"이 될 것이다.

엠마에게 있어서 타나토스는 문화에 입문하도록 이끌어 준다. 타나토스는 자연의 "우발적인" 양상, 즉 통일성의 단절을 맛보게 하기 위해, "폐허 속에 드문드문 돋아나 있을 뿐인" 푸르름을 사랑하는 법을 배우게 하기 위해, 자연의 평온함에서 그녀를 벗어나게 한다. 그러나 호화 장정본 소설에 의해 날로 증대되는 다양성은, 삽화를 바라봄으로써 자신의 문화체험이 마감되어 버리는 것과 마찬가지로, 이질적인 것이 되어버린다. 타르타르식 첨탑, 로마의 폐허, 원시림, 백조와 낙타, 이 모든 것은 논리성 없이 축적된 것이고 연관성 없이 나열된 것이다. 당연히 그 모델은, 흡수하지 못하고 소비하는 대중을 향한 상품들의 생산자인 산업예술과 현실에 의해 제공되었다. 그러나 그 이미지는, 문화를 타나토스에 의해 세분된 세상으로 간주하는, 에로스가 통합관계를 도입하지 않을 그런 세상으로 간주하는 엠마의 고유 기질을 표현한다. 엠마가 하는 일련의 구매들—고딕식 기도대와 14프랑어치나 구입한 레몬에 대한 글이 같은 문장 속에 인접해 있다—뿐만 아니라, 그녀의 연인들에 이르기까지—레옹은 검은 비로드 깃과 용빌에서 가장 길게 다듬어진 손톱을 가진 인물이고, 더 저질인 로돌프는 "투박한 각반을 차고 있으면서도 손에는 노란 장갑을 끼고", 무명 옷가지, 피라미드 모양으로 쌓아 놓은 달걀, 밀탈곡기로 혼란스러운 와중에 등장한다— 엠마의 모든 대상들은 그 모델을 모방할 것이다. 엠마는 항상 사물들을 통합하려고 할 것이고, '남자'에게, 에로스에게 그들의 관계를 설명해달라고 요구할 것이다. 그러나 그녀의 변화는 완성되지 못하고 그녀는 다만 그 요구를 하는 것으로 그치게 된다.

　　엠마는 뒤늦게 도착한 마차의 희미한 소음을 들으면서 기숙사의 흐릿한 빛 속에서 남몰래 잡다한 물건들이 새겨진 삽화를 응시한다. 보비에사르에서 돌아온 그녀는, 도로가 "자신의 꿈이 (다하는) 혼란스러운 장소"에서 끝나기 때문에 결코 파리에 도착하지 못하지만 자작이 살고 있고 그녀 자신이 머릿속으로 다다르려고 노력하는 공간인 파리로 출발하는 생선장수의 짐수레 소리를 밤마다 듣게 될 것이다. 쳐다보지도 않고 그 근원을 추측해내어 자신의 사랑의 꿈—루앙에서 레옹과 만날 때, 마차가 달리는 장면을 묘사한 것이 성행위 묘사를 대신한다—에 연결시키는 밤의 소리는 원초적 장면에 대한 환영幻影의 전형이다. 그 환영은 그녀 안에 있는 혼란스러운 그 무엇 앞에서 중단되어 완성되지 못한다. 오이디푸스의 초기 단계에서 멈춰선 그녀는 부모들의 관계에 대한 호기심으로 쓸데없이 자극받는데, 거기에 간섭할 수 없기 때문에, 그리고 그녀 자신이 경쟁자 역할을 하게 될 삼각 관계에 대해 환상을 품을 수 없기 때문에, 그녀는 그 관계들의 의미를 포착할 수 없다. 그녀는, 사랑의 승리가 아닌 잡다한 사물들로 구성된 그림, 덧없는 것 같은 이유 없는 제스처들과 연관성 없는 물체들의 단편들만을 인지하는, 훔쳐보는 사람의 위치에 남아 있게 된다. 오이디푸스적 참여가 불가능하기 때문에 성적 충동과 그것을 통한 통합자적 에로스는 인격과 그녀의 대상들을 통합시키는 그녀의 작업을 완성할 수 없었다.

갑작스러운 마조히즘적 방향 전환은 여기에서 유래한다. 삽화를 응시하는 장면에 뒤이어 바로 어머니의 죽음이 이어지는데, 엠마에게는 그 상(喪)이 정성이 깃든 교양 있는 것이어서 만족을 느끼게 되는 기회가 된다. 마조히즘은 세상과 내가 붕괴된다고 위협받을 때 드러나는 그녀의 숨겨진 부분이다. 그러나 그 숨겨진 부분은 전진하고자 하는 자에게는 충분한 것이 아니다. "계율"에 대해 분노하고 "신앙의 수수께끼"에 반항하는 엠마는 수녀원을 떠난다. 그녀는 사람들이 지식 대신 그녀에게 제안하는 신앙에 반항하고 무지를 신성화하는 수수께끼에 반항한다. 그녀는 성(性)들 사이의 관계가 혼란에 빠져 있는 상태를 넘어서고자 하는 것에 대해 알고 싶어 한다. 그녀는 계율에 대해 화를 내고 동시에 성 이쪽의 항문 체제régime anal하에서 살아야 하는 의무에 대해 화를 낸다. 게다가 그 계율은 "그녀의 기질과 상반된다." 그녀는 유치留置를 거부한다. 그리고 이것 때문에 그녀는 경제적, 사회적 측면에서 패배자가 될 것이다.

기질적으로 엠마는 배출하는 경향이 있다. 그녀의 욕망은 그 방식에 따라 완수된다. "오랫동안 억눌려 있던 사랑이 환희로 끓어올라 한 방울 남김없이 분출된 것이었다." 엠마에게 있어서 사랑이란 스스로를 소비하는 것이고 에너지를 방출하는 것이다. 그러나 삶은 좀처럼 사랑이 솟구치게 해주지 않는다. 엠마는 항문 규율 밖의 생식능력 안에서 충동적 만족을 찾는 것이 아니라 그 너머의 무정부적 항문성analité에서 그 만족을 찾을 것이다. 그녀는 스스로를 소비하는 대신 돈을 소비하는 것으로 만족할 것이다. 보비에사르의 무도회가 있고 난 후, 레옹이 파리로 떠나버린 후, 사랑을 나누기 위한 만남이 매번 무산되고 난 후, 그녀는 구매를 통해 스스로를 위로한다. 그녀의 구매가 소유로 조직화되지 않는 것은 충동이 점유보다 우세하기 때문이다. 결과적으로 구매의 목적은 즐거움을 소비로 대체하기 위한 것이다. 그런 구매들은 사랑하는 사람과 문제를 일으키는 관계를 빚어낸다. 성화性化된 구매들은 사랑하는 사람의 기억을 생생하게 유지시켜주는 물건들로 사랑하는 사람을 대체해버린다. 하지만 그와 동시에 그 구매들은 사랑하는 사람을 항상 복수의 사물로 변형시키고, 유일한 것을 이질적인 여러 가지 요소로 변화시키고—자작은 장식줄

묶음, 두 개의 푸른 유리 꽃병, 상아 손잡이가 달린 바느질고리가 된다— 그 구매들은 사람을 분해하며, 사람을 아무것으로나 축소하고, 살아 있는 것을 무기체로 만들어버린다. 이런 귀결은 불가피하다. 실패한 사랑의 보상 때문에 욕구불만을 느낀 엠마는 우선 자기의 고통을 성적으로 자극하고 그녀를 고통 받게 한 사람에게 증오를 품고, 그 증오가 파괴 행동을 야기한다. 그 순간 죽음의 충동에 사용되는 소비는 대상을 인분人糞화하는 것을 목적으로 하기 때문에 항문적 활동이 되기 위한 성적인 기능을 상실해버린다. 여기서 역시 "사물의 즉각적인 부패"를 방지하기 위해서는 "삶의 불충분성"이 결정적이다.

우리는 방금 수녀원에서 나올 때 마담 보바리의 운명을 살아갈 만큼 성숙한 엠마 루오라는 인물의 중요 기질들을 회상해보았다. 운명을 통하여 정신적 잠재성이 경험된 현실이 될 그런 운명의 논리를 개략적으로 그려보는 것으로 충분하기 바란다.

샤를르는 잘못된 선택이었다. 그는 자신의 부인을 잘못 사랑할 뿐 아니라 너무나 부인을 사랑한다. 그의 사랑은 어떠한 마조히즘의 대상도 되지 못한다. 재난이 다가올 시간에, 엠마가 자신을 망하게 했던 것을 샤를르가 용서해줄 수도 있을 것이라는 생각은 오히려 그녀의 자살을 부추기는 데 기여한다.

엠마는 샤를르를 사랑하지 않는다. 결혼 초기부터 엠마는 구매를 생각하고 있다. 그녀에게 다른 사람에 대한 사랑을 깨우치게 만들어준 것은 보비에사르의 왈츠다. 그녀의 생각들은 이제

하나의 "중심"에 의해 상대방, 즉 자작에 의해 점령당하게 되겠지만, 곧바로 사랑의 "달무리"는 그 자작에게서 멀어져가고 "또 다른 꿈들을 비추어주기 위해 좀 더 먼 곳으로 (퍼져나간다)." 거대한 파리에 대한 꿈들은 "바다보다 더 넓은 광막함", 그러나 "몇 개의 조각으로 나뉜" 광막함이다. 사랑이 사그라들고, 자신의 목적은 분해되어버리고, 타나토스가 나눔의 작업을 시작한다. 대상적 지지대를 잃어버린 나 자신에 대한 일관성의 결여와 스트레스에 의해 대상을 분해하는 일련의 구매를 하게 된다. 그럼에도 불구하고 에로스에 사로잡혀 엠마는 토트를 떠나게 된다.

용빌 시절의 레옹은 엠마의 거울에 불과하다. 그러나 그녀에게 있어서 그의 사랑은, 사랑의 욕망을 매우 강렬하게 다시 살려내서 그녀는 마조히즘적인 배출구 안에 스스로를 내던진다. "고통에서 자극을 느꼈고 도처에서 그런 기회를 찾으려 애쓰면서" 불만족을 에로틱한 것으로 만들고, 사디스트적인 동반자의 행위에서 타인을 환상으로 만들기 시작한다. "그녀는 샤를르가 자기를 때려주었으면 좋겠다고 생각했다." 레옹은 예전의 자작처럼 엠마의 환상의 "중심"이 되기 위해 떠난다. 그러나 이번에도 역시 사랑이 "조금씩", "단계적으로" 시들고, 레옹이 예전에 앉았던 벤치의 "마른 나뭇가지"는—어쩌면 플로베르의 부주의 때문에—"썩은 막대기"가 되어버린다. 느리지만 참을성 많고 집요한 타나토스가 대상을 부식시키고 자아를 해체한다. 스트레스를 받은 후에 각혈을 동반한 구매가 바로 그것이다.

로돌프와 더불어 엠마는 "자기 젊은 시절의 기나긴 꿈"을 실현하고 있다고 생각한다. 즉 그녀는 오이디푸스처럼 산다고 생각한다. 그녀는 위반한다. "내게 애인이 생긴 거야." 이 사디스트적인 애인의 우월성은 오이디푸스적인 아버지의 권위와 비슷하다. 단지 그 위반이란 것이 법과 관계된 것이 아니기에 "후회 없이" 그 위반을 음미한다. 로돌프의 사디스트적인 면은 엠마의 환상에 불과하다. 엠마는 샤를르가 베르토를 처음 방문했을 때 샤를르가 잃어버렸던 채찍을 되돌려주었다. 그것은 "소의 힘줄"이었다. 엠마는 로돌프에게 손잡이 끝을 도금한 채찍을 선물한다. 그러나 이런 외견상의 유사성이 로돌프가 사랑받는 대상, 동일한 지지대가 되기에 충분하다. "(……) 엠마는 로돌프에게 자기 이름을 불러달라고, 그리고 자기를 사랑한다고 한 번 더 말해달라고 졸랐다." 이제 로돌프가 중심이 된다. 로돌프 때문에 그리고 로돌프를 위하여 엠마는 마음대로 구매한다. 그러나 그런 감정은 머지않아 사라져버릴 것이다. 강물 속에서처럼 "그 속에 흠뻑 빠져 지내고 있었던 그들의 엄청난 사랑"은 "그녀의 발밑에서 줄어들어가는 것 같았고 (……) 마침내 그녀의 눈에 강바닥이 드러나보였다." 이런 연유로 "사랑보다 더 확고한 무엇인가에 기대고 싶은" 욕망이 생겨나고, 샤를르 보바리의 부인에게 명성과 부를 가져다줄 안짱다리 수술과 연관된 희망이 생겨난다. 샤를르는 모든 계획이 무산되는 쓰디쓴 절망과, "지칠 줄 모르는 썩어 들어감" 앞에서 무능함을 드러낸다.

로돌프에게로 돌아감, 마조히즘의 악화. "저는 당신의 종이고 첩이에요!" 그때 로돌프는 "이 연애에서 또 다른 쾌락을 발굴할 수 있다는 것"을 깨닫고, "부끄러움 없이" 엠마를 다루려고 결심하고 엠마를 "뭔가 나긋나긋하고 타락한 것"으로 만들어버린다. 그는 스스로 변태 성욕의 입문자 역할을 한다. 엠마는 그 시기에 담배를 피운다거나 남자의 조끼를 입는 것과 같은 행위로 "성의 혼란"[8]을 드러내는데, 그것은 그녀의 "습관이 된 정사"에서 생겨난 "결과"이다. 그녀의 변태 성욕적인 거동에도 불구하고 엠마는 변태 성욕자가 아니고, 단지 로돌프의 환상에 스스로를 부합시킬 뿐이다. 또한 거세된 권위의 존재를 부인하기 위해 남편이 보는 앞에서 간통을 저지르는 것을 기뻐하는 로돌프와는 달리 엠마는 자신의 사랑을 "하느님 앞에" 고백하고 싶어 하고, 자신의 애인과 도망가고 싶어 하지만 그것은 불가능하다. 플로베르적인 문맥에서 "타락"은 "부패"와 유사하다. 타락시키는 사람이면서 타락한 로돌프는 엠마의 견고한 지지대가 아니다. 그가 사라지고 엠마는 다락방의 창문으로 투신함으로써 지지대의 상실감을 행동으로 옮길 위험에 처한다. 그것은 심각한 스트레스와 충동의 완전한 분해 위험에 기인한 것이다. 엠마는 감정을 다시 추스리지만 마조히즘이 부정적인 역량을 발휘했다.

8) 초고 , 수사본

루앙에서 레옹과 함께 있을 때, 엠마는 성의 차이를 소멸시킴으로써 변태 성욕에 가까운 관계로 이끌어가는 역할을 한다. "그녀가 그의 정부라기보다는 오히려 그가 그녀의 정부가 되었다." 레옹은 약하지만 "두 사람 사이에 슬그머니 끼어들어와 둘 사이를 벌려놓으려는 듯한 극한적이고, 막연하고, 불길한 그 무엇"을 거부하지 못할 정도로 약하지는 않다—규범에 대한 그의 존경심이 그것을 확인시켜준다. "왕의 미라"처럼 그녀의 가슴속에 남아 있는 로돌프에 대한 기억이 레옹을 로돌프와 동일시하고, 그러한 동일시는 엠마의 사랑의 행동들을 결정한다. 그리고 그녀가 이제부터 자신의 내부에 거주하고 있는 것으로 느끼게 되는 죽음의 존재, 그녀 안에 있는 죽음의 존재는 그녀가 아주 왕성하게 부리는 변덕과 대립하게 된다.

왜냐하면 레옹이 중요하지 않기 때문이다. 레옹은 엠마가 자기 멋대로 만들어낸 "아이"일 뿐이어서 그는 지지대가 되지 못하고, 단지 소비에 필요한 변명에 불과하다. 그 소비는 텍스트에서 그 대상의 이름이 더 이상 불려지지 못하고 끝나버리는 정신 나간 소비이다. 그것이 엠마가 더 이상 통제하지 못하는 배출적 충동—"그녀는 계산을 해보려고 했다", "금방 혼란이 생겨서 모두 다 내팽개쳐버렸다"—이기 때문이다. 그리고 이 충동은 레옹을 갈아 부수어 이름 없는 사물덩어리로 만들 만큼, 엠마에게서 모든 생기를 빼앗아가는 하나의 목적만을 가진 파괴적 충동이다.

그 목적은 달성될 것이다. "마음속에서나 밖에서나 모든 것이 그녀를 저버렸다". 엠마가 "(의지하는) 사물들의 순간적인 부패"를 그녀 자신이 인식하는 날에 그녀의 고통이 시작된다. 몇 가지 소스라치는 일이 있다. 그녀를 "거의 즐겁게" 해주는 마조히즘적인 "영웅심에 열광하여" 완성되는 자살의 제스처, 그리고 썩어가는 인간인 장님이 부르는 사랑을 조롱하는 노래, 그리고 엠마는 "포악하고, 열광적이고, 절망적인 웃음으로" 스스로에게서 삶의 생기를 비워내버린다.

그러나 "거무스름한 자국"으로 육체를 뒤덮고, "푸르스름한 그녀의 얼굴"을 응결시키는 죽음의 작업은 계속된다. 눈은 "끈적끈적한 창백한 기운"을 띠고 있고 "검은 액체"가 입에서 흘러나오고 있으며, "악취를 방지하기 위하여" 오메가 가져온 염소 냄새 속에서 샤를르가 베일을 걷어낼 때 그는 "공포의 외침"을 토해낸다. 유기체가 존재하는 한 죽음의 작업 역시 존재한다.

더 나쁜 것은 땅에 묻힌 엠마가 한 번 더 샤를르의 내면에서 죽는다는 것이다. 샤를르는 자기 자신과 엠마를 동일시하고, 콧수염에 포마드를 바르고, 약속어음에 서명을 한다. "엠마가 무덤 저편에서 샤를르를 타락시키고 있었다." 엠마의 빛이 샤를르에게 넘어왔기 때문에 채권자들이 집을 청산한다. 엠마의 물건들은 팔리고, 또 도둑맞아서 흩어져버린다. 그녀가 떠난 후에도 해체될 수 있는 요소들이 남아 있는 한 엠마는 계속해서 죽어간다. 샤를르는 그녀의 이미지가 자신의 기억 속에서 빠져나가는 것을 느끼고, 레옹과 로돌프의 편지들을 발견하게 될 때 그녀에 대한 무엇인가를 한 번 더 잃게 된다. 어떤 순간에는 "고통의 쾌락"으로 살아가려고 시도하지만 곧바로 충동들의 간극을 느끼게 된다.

샤를르는 커다란 사랑의 기적에 의해 살아왔다. 보존자인 에로스가 그의 삶을 지배했고, 유일한 대상에 그의 충동들을 투자하게 해주었으며 그렇게 함으로써 그의 고유한 인격에 내재된 일관성의 결여를 보충해주었다. 엠마를 상실함으로써 그 인격은 해체된다. 어떤 동료가 "그의 (육체)를 해부해 보았지만 아무것도 발견해내지 못했다." 죽음은 충동들의 해체에 의해 야기되었다. 그가 죽기 전날, 엠마에 대한 행복한 기억도, 꿈을 비롯한 그 어떤 것도 남지 않았을 때, 샤를르의 사랑은 "폭넓은 객관성에 의해서 순수한 생각에 다다르게 되어"[9] 어쩔 수 없이 자신의 인격 전체를 유지하지 못하고 해체되어버렸다. 그 다음날 에로스는 그를 떠나가버렸다. 육체의 주인으로 홀로 남게 된 타나토스가 그를 죽인 것이다. 그 죽음은 괜찮은 죽음이었다. 모든 삶의 근원인 물질과 결합된 성 앙트완느처럼 성 샤를르 보바리는 꽃과 빛 속에서 죽었다. "몽롱한 사랑의 향기"로 가득 부푼 그의 심장은, 활짝 개화한 자연, 즉 보편적 삶과 결합하기 위해 자신의 생명을 벗어나버렸다.

엠마는 나쁜 죽음을 맞이하였다. "영원한 어둠 속에서 공

9) 초고, Ms. g 223 4, f° 130.

포에 떨며” 서 있는 그녀의 마지막 모습은 장님의 흉측스러운 얼굴이었고, “퍼런 습진처럼 응고된 액체”로 덮인 그녀의 육신은 “살덩이가 찢어져 뻘건 누더기가 되었다.” 엠마 자신을 끝없이 해체시키면서 그녀 주변의 모든 사물을 그녀로 하여금 붕괴시키게 한 타나토스의 제국 아래에서 엠마는 자신이 살아온 것처럼 죽음을 맞았다. 그러나 분리에 대한 사랑이 그녀의 삶을 풍요롭게 하지 못했다. 엠마가 통합자인 에로스 안에서 살기를 희망했기에 그녀는 하나의 “수많은 삶”과 그녀에게서 떠나지 않았던 “수많은 증오”를 대립시킬 줄 알았던 것이다.

소송 중인 죽음

〈마담 보바리〉의 소송에서 변호사 세나르는 플로베르를, 자신의 아들들이 그와 우정을 나누게 되어 영광으로 생각하는 고객으로, 또한 변호인 자신이 플로베르의 부친과 우정을 나누게 되어 영광으로 생각하는 아버지의 당당한 아들로, 그리고 “가정의 어머니들이 (그에게) 감사해야 할” [10] 훌륭한 작품의 작가로 소개한다. 이런 소개는 피고인을 도덕성이 보장된 존경받는 사회 속에 위치시킬 뿐만 아니라 또한 오이디푸스적인 맥락 속에 위치시킨다. 일련의 변론들은 이런 전제에서 나온다. 존경받는 아들인 플로베르가 법을 어긴 것이 아니고, 반대로 자신의 여주인공이 저지른 전형적인 오이디푸스적 범죄인 간통죄를 엄하게 응징했다는 것이다. 변론이 소설을 왜곡시키는 것은 중요하지 않다. 변론이 기소 이유와 똑같은 논리에서 나오기 때문에 그 논증은 효율적이다.

법정이 의거하고 있는 이데올로기는 원래 오이디푸스적인데, 제2제정帝政의 처음 10년간의 교화적 법정은 이런 이데올로기를 계속 표방해왔다. 그러므로 〈마담 보바리〉는 그 문제점이 오이디푸스 이쪽—오이디푸스의 밖—에 위치해 있다는 사실 자체—검사인 에른스트 피나르는 이러한 일탈에 예민하게 반응한다—에 대해 비난받는다. 텍스트에 대한 이해력에도 불구하고 그가 이 책에 대해 유죄선고를 내리지 못한 것은 작품에 대한 비난들이 그들의 오이디푸스적 개념화 때문에 표적을 상실하고 있기 때문이다. 그리고 또한 그 소송이, 새로운 것이 나타날 때 여전히 예전의 낡은 용어로만 개념화될 수 있는 역사의 순간에 일어났기 때문이기도 하다.

중요한 두 가지 기소 사유가 채택되었다. 하나는 "간통죄 찬양"에 의한 공중도덕 위반이었고, 또 하나는 여주인공의 자살을 표현한 "무신앙의 외침"에 의한 종교적 도덕의 위반이었다.[11] 오이디푸스적인 용어로 말하면, 위반을 찬양하고 법을 믿지 않는다는 것이었다. 오이디푸스의 초기 단계에 머물렀던 엠마는 법을

---

10) 〈작가에게 제소된 소송의 구형, 변론과 판결 Réquisitoire, plaidoirie et jugement du procès intenté à l'auteur〉, 플로베르, 〈마담 보바리〉, 베르나르 아작크 Bernard Ajac 출판, 플라마리옹, GF, 파리, 1986.

모르고 있고, 그래서 법을 위반할 수도 없다. 예리한 독자인 피나르는 "공중도덕에 대한 위반이 외설적인 그림 속에 있고", "종교적 도덕에 대한 위반이 신성한 사물에 뒤섞인 관능적인 이미지 속에 있다"[12]라고 명시하고 있다.

세나르는 순백의 가슴의 시인인 앙드레 셰니에André Chénier와 승리를 향해 달려가는 사랑의 흥분을 그린 소설가 몽테스키외Montesquieu를 인용하면서 외설이라는 기소 이유를 반박한다. 그러나 피나르에게 있어서 "외설적"이란 용어가 항상 타고난 성과 관계된 것은 아니다. 예를 들어 그는 "만찬 후에 자신들이 소화시키는 송로의 뒷맛을 반추하는 사람들처럼 자신의 행복을 되새김질하는"[13] 샤를르를 상기시키는데, 사실 아무렇지도 않을 수 있는 이 문장은 통합되지 않은 부분적 충동을 드러내는 것이었다. 로돌프와 다시 결합한 시절의 엠마의 대형 초상화 역시 눈동자, 콧구멍, 입의 가장자리, 목소리의 억양, 몸의 굽어짐, 옷자락의 주름과 다리의 유혹 같은 것이 기소되었는데 이것은 신체 부위나 옷의 카탈로그지 사람 전체는 아니었다. 그러나 여성의 미가 "베일 없이 보였다"[14]고 전통적인 용어로 표현한 피나르의 논평은, 변호인에 의해서는 응수되지 않을 기소 내용을 무효

11) 같은 책.
12) 같은 책.
13) 같은 책.

화한다. 또 이런 표현도 있다. "육체가 식었을 때 무엇보다 존중해주어야 할 것은 영혼이 떠나버린 시체다." 그런데 플로베르는 죽은 엠마를 다음과 같이 묘사하고 있다. "그녀의 몸에 덮은 시트는 젖가슴에서 무릎까지 움푹 패어 들어갔다가 다시 거기에서 발가락 끝 쪽으로 쳐들려 있었다."[15] 세나르는, 여인의 육체에 던져진 "하나의 단순한 시트"가 그 형태를 밝혀준다는 몽테스키외의 한 구절을 인용하고 다음과 같이 덧붙인다. "하나의 단순한 시트가 시체 위에 펼쳐지면 당신에게는 외설적인 이미지로 보이겠지만 여기서는 시트가 살아 있는 여인 위에 펼쳐져 있다."[16] 그런데 고소인이 비난하는 것은 바로 시체 속에 에로스가 존재하고 있다는 것이다. 즉 플로베르는 삶과 죽음이 사후에 분리되었다는 것을 묘사하는 대신에 죽음이 찾아온 순간에 묘사를 멈췄어야 했다는 것이다.

　　오이디푸스 콤플렉스를 설립하는 데는 실패하지만 소송을 성 문제화하는 "신성한 사물에 관능적인 이미지를 섞었다"는 종교적 도덕 위반죄를 살펴보자. 피나르는 최후의 도유식塗油式 장면을 읽는다. 세나르는 생트 뵈브Sainte-Beuve의 〈관능Volupté〉 속에서 똑같은 의식儀式을 읽어내며 응수한다. 플로베르가 여러 신

14) 같은 책.
15) 같은 책.
16) 같은 책.

체 부위에 연결된 죄악이 육체적인 함의를 내포하는 데 반해 생트 뵈브는 추상적이거나 이상화된 용어로 여러 신체 부위를 상기시킨다. 후각의 죄악이 생트 뵈브에게서는 "너무나 미묘하고 향락적인 향수parfum"로, 플로베르에게서는 "사랑스러운 향기"로 표현된다. 입의 죄악이 생트 뵈브에게서는 "선율이 너무나 아름다운 혹은 눈물로 가득한" 노래로, 플로베르에게서는 "음탕함 속에서 (외쳐댄다crier)" [17]로 표현된다. 플로베르는 종교가 무성화désexualisé시켰던 것을 "다시 유성화하고resexualise" 한술 더 떠서 육체를 조각으로 절단하는 의식을 상기시키면서 다시 성을 부여한다. 육체의 정신적 통일성이 그 근처에서 형성될 수도 있는 중심인, 생트 뵈브에 의하면 욕망의 본거지인 가슴, 심장에 기름을 바르는 것을 플로베르가 생략하고 있음을 우리는 주목하고자 한다.

오이디푸스적으로 종합한 기소는 잘못된 것이어서 플로베르는 무죄를 선고받을 것이다. 그러나 피나르는 자신의 분석을 통하여 〈마담 보바리〉에서 그 시대의 감성으로는 받아들일 수 없는 것을 비난한다. 그는 텍스트 속에서 읽히는―그는 매우 잘 읽어냈다―죽음의 작업, 분해, 해체, 부조화에 대한 소송을 제기한다. 그는 결혼식이나 농업공진회 장면을 삭제할 것을 요구한 뒤

17) 같은 책

캉Du Camp과 로랑 피샤Laurent-Pichat 같은 사람들과 마찬가지로, 욕망의 일시적 결합을 표현하기 위해 "혼합양식"의 사물을 만들어내는 플로베르의 용기를 비난한다.

그 소송은 마담 보바리 신화의 일부를 형성하고 보바리 부인 자신이 그 소송의 주요 피고인이다. 그녀의 죄 때문도 아니고, 단지 그녀가 앞질러가고자 했던 법에 대한 무지 때문도 아니고, 그녀가 "수많은 삶"을 살고 싶어 했기 때문에 파괴적인 그녀의 진짜 본질을 감추는 잘못된 이유에 의해 그녀는 무죄 방면 받았다. 그녀에게 있어서 산다는 것은 자신의 "수많은 증오"의 일부를 끌어내는 것이고, 각 부분 부분에 성적인 요소를 첨가하기 위해 삶을 해체하는 것이다. 그리고 그녀에게 늘 깃들어 있는 죽음 속에서 잔인한 명석함으로 "인생의 불충분함"과 대치하기 위한 힘을 길어내는 것이다. 거울 속에서 자신의 고통에 대해 숙고하는 그녀의 최후 행동에까지 그녀는 삶과 죽음을 통합하려는 자신의 계획에 충실하고 있다. 그녀는 그것 때문에 죽는다. 통합해야만 하는 창조자의 편안한 위치에 있는 플로베르는 자신의 피조물의 죽음을 에로스의 작품으로 만든다.

Emma Bovary

소년시절부터 여러 가지 소설의 습작에 골몰해 온 플로베르가 자신의 처녀작이 될 뻔한 〈성 앙트완느의 유혹〉의 원고를 들고 그의 절친한 문우인 뒤 캉Du Camp을 찾아갔을 때 그로부터 들었던 말은 "원고를 불에 태우고 다시는 입 밖에도 내지 말라"는 말이었다고 한다. 그리고 7년 후, 그는 〈마담 보바리〉를 써 냈다. 하나의 형용사를 고르는 데도 고통의 비지땀을 흘리고, 한 페이지를 쓰는 데 5일이나 걸린 적도 있었다는, 작가로 하여금 "스타일을 만들어내는 단말마적 고통"을 끊임없이 호소하게 만든 그 유명한 소설 〈마담 보바리〉 속에는 과연 무엇이 있는가?

유달리 뛰어난 미모의 소유자도 아니었고, 슈퍼 우먼을 연상시키는 탁월한 능력의 소유자도 아니었던, 프랑스의 어느 작은 시골 마을에 살던 엠마는 수녀원의 기숙사에서 생활하면서 수많은 연애소설을 읽고, 그 소설을 읽으며 연애와 사랑에 대해 수많은 환상을 키워간다. 언젠가 자신을 그 지긋지긋하고 따분하고 격리된 시골 생활로부터 구출해줄 백마 타고 오는 기사를 상상했던 엠마는 자정에 횃불을 환하게 밝혀놓고 결혼식을 올리고 싶어 했지만, 정말 평범하고 별 볼일 없는 시골 의사 샤를르 보바리를 만나서 그의 아내가 되었고, 매일 반복되는 평범하고 단조로운 일상에 절망한 그녀는 사치와 간통이라는 막다른 골목으로 치닫다가 결국 음독자살하고 만다. 특별한 것이라고는 하나도 없어 보이는, 신문 사회면에 단골로 등장하는 그저 그렇고 그런 가십 기사의 주인공 같은 평범하고 불행한 한 여자의 이야기, 그 속의 무엇이 엠마 보바리를 하나의 신화적 인물로 만드는가?

이 책은 엠마 보바리가 신화적 인물들이 갖는 익명성과 보편성에 합류하게 되는 과정을 차근차근 접근해간다. 끊임없이 자기 자신을 연애 소설 속의 여주인공과 동일시했던 엠마 보바리는 그녀가 가진 역설적인 몰개성으로 인해, 그리고 자기 자신을 있는 그대로의 자신과 다르게 상상하는 기능을 통해, 수많은 독자들로 하여금 그들을 엠마 보바리와 동일시하게 하는 하나의 문학적 원형으로 자리잡으며, 이루 셀 수 없는 아류작들과 패러디들을 만들어낸다. 자신의 현실을 비워내고 그 속에 새로운 자신을 채워 넣기 위해 쇼핑을 하고, 자신차도 제대로 파악하지 못하고 있는 감정적, 사회적 욕구불만을 벗어나기 위해 공상과 자기 환상 속으로 도피하고, 끊임없이 욕망하면서도 스스로 자신의 시간을 살아가지 못하는 전형적인 현대병을 앓는 엠마 보바리는 더 이상 19세기의 프랑스의 한 작은 마을에 사는 여자가 아니라 21세기의 뉴욕, 혹은 21세기의 파리에 사는 현대의 여성의 모습 바로 그것이다.

그녀의 모습 속에 나의 모습이 투사되는 것이 단지 우연

일 뿐일까? 이 책은 '마담 보바리는 우리이며, 나' 라고 말할 수
있게 만드는 독특한 즐거움을 선사할 것이다.

　　꼭 한번은 함께 작업해보고 싶었던 고광식 선생님과의 공
역을 가능하게 해 주신 이룸 출판사에 감사드린다.

2005년 1월 김계영

Emma Bovary

수사본

〈마담 보바리〉의 시나리오, 소설의 초고, 자필원고 그리고 자필로 쓰이지 않은 수사본 원고는 루앙 시립 도서관에 보존되어 있다.

〈마담 보바리〉의 중요한 판본은 장 포미에Jean Pmmier와 가브리엘 르뢰 Gabrielle Leleu가 서론과 주 달아 펴낸 것이다. 〈마담 보바리, 미간행 시나리오가 수록된 신판*Madame Bovary, nouvelle version précédée des scénarios inédits*〉, 루앙 도서관 소장 자필원고에 의거함. 파리, 조제 코르티José Corti, 1949.

〈마담 보바리의 초안과 시나리오*Plans et scénarios de* Madame Bovary〉, 귀스타브 플로베르Gustave Flaubert, 이방 르클레르Yvan Leclerc의 서문과 주석, 파리, 국립 학문 연구 센타CNRS/쥴마Zulma, 〈수사본Manuscrits〉 시리즈, 1995.

〈마담 보바리〉 출판현황

〈마담 보바리〉는 1856년 10~11월 〈르뷰 드 파리*Revue de Paris*〉에 처음으로 게재되었다. 편집장인 막심 뒤 캉Maxime Du Camp과 로랑-피샤 Laurent-Pichat의 압력으로 자신의 원고를 많이 수정했던 플로베르는 12월 15일자 연재분 첫머리에 다음과 같은 공지를 첨가했다: "별로 인정하고 싶지 않은 이유 때문에 〈르뷰 드 파리〉 지는 12월 1일자 연재분에서 일부를 삭제했다. 이번에 연재된 부분에 대해서도 그런 우려를 했던지 몇몇 구절을 삭제하는 것이 좋겠다고 생각하는 것 같다. 따라서 나는 다음에 나오는 구절들에 대해서 책임을 지지 않을 것을 선언한다. 그러므로 독자께서는 전체가 아니라 부분들만을 보시기 바란다".

이 책이 미셸 레비Michel Lévy에서 단행본으로 출판된 것은 1857년 4월이다. 이 판본은 원문 텍스트를 부분적으로 복원해 놓았다. 1858년에 1857년 판과는 조금 다른 신판이 출간되었다.

1862년, 수많은 교정을 거친 신판 출간.

1869년, 이본(異本)이 수록된 신판 출간.

1873년, 플로베르와 레비의 관계 악화. 샤르팡티에Charpentier 출판에서 "완결본"이라고 기재된 판본이 출판됨. 이 텍스트가 일반적으로 요즘까지 출판되고 있는 텍스트임.

〈마담 보바리〉, 파리, 코나르Conard, 1930.

〈마담 보바리〉 르네 뒤메닐René Dumesnil 본, 파리, 레 벨 레트르Les Belles Lettres, 1945, 총 2권.

〈마담 보바리〉, 클로딘 고토-메르쉬Claudine Gothot-Mersch의 서문과 주석, 파리, 가르니에Garnier, 1971.

〈마담 보바리〉, 앙리 드 몽테를랑Henry de Montherlant의 서문, 베아트리스 디디에Béatrice Didier의 논평과 주석, 파리, Le Livre de Poche, 1983.

〈플로베르의 마담 보바리*Flaubert, Madame Bovary*〉, 1968, 마냥 Magnan 출판, 〈텍스트와 문맥*Textes et contextes*〉 시리즈, 제라르 장장브르Gérard Gengembre가 펴낸 이 책은 사실 역사자료와 비평 자료로 가득 차 있어서 아주 유용하게 참조할 수 있다.

또한 그 당시 대법원 검사장이었던 에른스트 피카르Ernest Picard의 논고와, 국회의장과 1848년에 내무부장관을 역임한 변호사 세나르Sénard의 변론(이 책은 그의 변론에 헌정되었다)같은 소송기록(1857년 1월 31일과 2월 7일에 공판)을 이 소설 텍스트에 덧붙여야 할 것이다. 이 소송에 관해서는 이방 르클레르Yvan Leclerc, 〈쓰여진 범죄. 19세기의 소송문학 *Crimes écrits. La Littérature en procès au XIXe siécle*〉을 볼 것. 파리, 플롱Plon, 1991.

얼마 전부터 플로베르 연구에 관한 참고문헌들이 현기증이 날 정도로 확산일로를 걷고 있는 만큼 치밀한 참고문헌을 여기에서 제시한다는 것은 어불성설이다. 그런 연유로, 직접적으로 혹은 간접적으로 〈마담 보바리〉를 더 잘 이해할 수 있게끔 해주는, 무엇보다도 엠마 보바리라는 인물 자

체를 더 잘 이해할 수 있게끔 해주는 몇몇 서적과 논문들만을 언급하고자
한다.

Éric Auerbach, Minesis (chap.XVIII)
Paris, Gallimard, 1968.

Autuor d' Emma. Madame Bovary, un film de Claude Chabrol avec
Isabelle Huppert
Paris, Hatier, coll. 〈Brèves Cinéma〉, 1991. Interviews et textes de
Claude Chabrol, Isabelle Huppert, Jean-François Balmer, François
Boddaert, Pierre-Marc de Biasi, Caroline Eliacheff, Arnaud Laporte,
Claude Mouchard et André Versaille.

Charles Baudelaire, 〈Madame Bovary〉
In Œuvres complètes, Paris, Gallimard, La Pléiade, 1961.

Geneviève Bolleme, La Leçon de Flaubert
Paris, Julliard, 1964, Réédité dans la coll. 〈10/18〉, Union générale
d' édition, 1972.

Philippe Bonnefis, 〈Récit et histoire in Madame Bovary〉
In La Nouvelle Critique, Linguistique et Littérature, Colloque de
Cluny, 1969.

Philippe Bonnefis, 〈Exposition d' un perroquet〉
In Gustave Flaubert, Revue des Sciences Humaines, Lille III, n°181,
1981.

Léon Bopp, Commentaire sur 〈Madame Bovary〉
Neuchâtel-Paris, La Baconnière, 1951.

Paul Bourget, Essais de psychologie contemporaine, Études
littéraires
Paris, Plon, 1895, Réédité dans la coll, 〈Tel〉, Gallimard, 1993.

Michel Butor, ⟨À propos de Madame Bovary⟩
In Improvisations sur Flaubert, Paris, Éditions de la Différece, 1984.

Michel Crouzet, ⟨Le style épique dans Madame Bovary⟩
In Europe, n°485~486~487, septembre 1969.

Lucette Czyba, Mythes et idéologie de la femme dans les romans de Flaubert
Presses universitaires de Lyon, 1983.

Pierre Danger, Sensations et objets dans le roman de Flaubert
Paris, Armand Colin, 1973.

Claude Duchet, ⟨Roman et objets : l' exemple de Madame Bovary⟩
In Europe, n°485~486~487, septembre 1969.

Claude Duchet, ⟨Pour une sociocritique ou variations sur un incipit⟩
In Littérature, n°1, Paris, Larousse, 1971.

Claude Duchet, ⟨Corps et société : le réseau des mains dans Madame Bovary⟩
In La Lecture sociocritique de texte, Toronto, Samuel Stevensm Hakkert and Company, 1975.

Claude Duchet, ⟨Signifiance et in-signifiance : le discours italique dans Madame Bovary⟩
In La Production du sens chez Flaubert, Colloque de Cerisy, Paris, Union générale d' éditions, coll. ⟨10/18⟩, 1975.

Claude Duchet, ⟨Discours social, texte italique⟩
In Langages de Flaubert, Paris, Minard, 1976.

René Dumesnil, ⟨Madame Bovary⟩ de Gustave Flaubert. Étude et analyse
Paris, Éditions Mellottée, 1958.

Europe, numéro spécial, 1957 : Centenaire de ⟨Madame Bovary⟩

Alison Fairlie, Flaubert : ⟨Madame Bovary⟩
Londres, Arnold, 1962.

Graham Falconer, ⟨Création et conservation du sens dans Madame Bovary⟩
In La Production du sens chez Flaubert, op. cit.

Jules de Gaultier, Le Bovarysme. La Psychologie dans l'œuvre de Flaubert
Librairie Léopold Cerf, 1892.

Gérard Genette, ⟨Silences de Flaubert⟩
In Figures, Paris, Le Seuil, 1966.

René Girard, Mensonge romantique et vérité romanesque
Paris, Grasset, 1961, Réédité dans la coll. ⟨Pluriel⟩, Le Livre de Poche, 1978.

J. Golcin, ⟨Les comices de l'illusion, d'après les brouillions de Madame Bovary⟩
In Littérature, mai 1982.

Claudine Gothot-Mersch, La Genése de ⟨Madame Bovary⟩
Paris, José Corti, 1966. Slatkine Reprints, 1980.

Claudine Gothot-Mersch, ⟨La description des visages dans Madame Bovary⟩
In Littérature, Paris, Larousse, n°15, octobre 1974.

Claudine Gothot-Mersch, ⟨De Madame Bovary à Bouvard et
Pécuchet : la parole des personnages dans les romans de
Flaubert⟩
In Revue d' Histoire littéraire de la France, juillet-octobre 1981.

Stirling Haig, The ⟨Madame Bovary⟩ Blues. The Pursuit of Illusion
in Nineteenth-Century French Fiction
Louisiana State University Press, 1987.

Henry James, ⟨Gustave Flaubert⟩
In L' Art de la fiction, Paris, Klinckieck, 1978.

Robert Kempf, ⟨La découverte du corps dans les romans de
Flaubert⟩
In Sur le corps romanesque, Le Seuil, 1968.

Margaret Lowe, Towards the Real Flaubert, a Study of ⟨Madame
Bovary⟩
Oxford, Clarendon Press, 1984.

François Martin-Berthet, ⟨Sur le vocabulaire autonyme dans
Madame Bovary : félicité, passion, ivresse et quelques autres⟩
In Mélanges de langue et de littérature française offerts à P.
Larthomas, coll. de l' ENSJF, n°26, 1985.

Bernard Messon, ⟨Le corps d' Emma⟩
In Flaubert, la femme, la ville, Journée d' études organisée par l'
Institut de française de l' université de Paris X, Paris, PUF, 1983.

Vladimir Nabokov, Littératures 1
Paris, Librairie Arthème Fayard, 1983. Réécité dans la coll. ⟨Biblio
Essais⟩, Paris, Le Livre de Poche, 1987.

Jacques Neefs, ⟨Madame Bovary⟩ de Flaubert

Paris, Hachette, Poche-Critique, 1972.

Claude Perruchot, ⟨Le style indirect libre et la question du sujet in Madame Bovary⟩
In La Production du sens chez Flaubert, op. cit.

Michel Picard, ⟨La prodigalité d' Emma Bovary⟩
In Litterature, Paris, Larousse, n°10, mai 1973.

Jean-Marie Privat, Bovary Charivari. Essai d' ethnocritique
Paris, CNRS Éditions, 1994.

Jean-Pierre Richardm ⟨La création de la forme chez Flaubert⟩
In Littérature et sensation, Paris, Le Seuil, 1954.

Larry Riggs, ⟨La banqueroute des idéaux reçus dans Madame Bovary⟩
In Aimer en France, 1760~1860, Actes du colloque international de Clermont-Ferrand, publication de l' université de Clermond-Ferrand II, 1980.

Jean Rousset, ⟨Madame Bovary ou le livre sur rien⟩
In Forme et signification. Essais sur les structures littéraires de Corneille à Claudel, Librairie José Corti, 1962.

Michel Sandras, ⟨La blanc, l' alinéa⟩
In Communication, n°19, Le Seuil, 1972.

Jean-Paul Sartre, ⟨Notes sur Madame Bovary⟩
In L' Arc, Flaubert, n°79, 1980.

Naomi Schor, ⟨Pour une thématique restreinte. Écriture, parole et différence dans Madame Bovary⟩
In Littérature, n°22, mai 1976.

Jacques Seebacher, ⟨Chiffres, dates, écritures, inscriptions dans Madame Bovary⟩
In La Production du sens chez Flaubert, op. cit.

Roberto Speziale-Bagliacca, ⟨Monsieur Bovary, c'est moi. Portrait Psychanalytique de Charles Bovary, masochiste moral⟩
Traduction d'Eloisa Perrot-Pellandini et de Th.Neyraut-Suttermas, in Revue fran aise de Psychanalyse. n°4, 1974.

Jean Starobinski, ⟨L'échelle des températures. Lecture du corps dans Madame Bovary⟩
In Le Temps de la réflexion, 1980. Réécité in Travail de Flaubert, Le Seuil, coll. ⟨Inécit Points⟩, 1983.

Albert Thibaudet, Gustave Flaubert(chap.V)
Paris, Gallimard, 1935. Réédité dans la coll. ⟨Tel⟩, 1982.

Michel Tournier, ⟨Une mystérieuse étouffée, Madame Bovary⟩
In Le Vol du vampire, notes de lecture, Paris, Mercure de France, 1981.

Mario Vargas Llosa, L'Orgie perpétuelle (Flaubert et ⟨Madame Bovary⟩)
Paris, Gallimard, 1978.

Claudine Vercollier, ⟨Le décor et sa signification dans Madame Bovary⟩
In Les Amis de Flaubert, n°50, 1978.

André Vial, Le Destin de Flaubert ou le Destin d'Emma Bovary
Paris, Nizet, 1974.

영화 작품 목록

미소 짓는 마담 뵈데 *La souriante Madame Beudet*
제르맨 뒬락Germaine Dulac의 희극. 제르맨 데르모Germaine Dermoz,
알렉상드르 아르키이예르Alexandre Arquillière 출연. 프랑스, 1923년
작. 시골의 조용하고 작은 마을에서 고급 직물을 파는 상인의 부인이 꿈을
꾼다. 이 연극은 대성공을 거두었고 영화화되었다.

부정한 사랑 *Unholy Love*
앨버트 존 레이Albert John Ray의 영화, 릴라 리Lila Lee 출연, 미국,
1932년 작.

마담 보바리 *Madame Bovary*
드라마. 감독 장 르느와르Jean Renoir. 발랑틴 테시에Valentine Tessier,
막스 드아를리Max Dearly, 피에르 르느와르Pierre Renoir, 알리스 티소
Alice Tissot, 다니엘 르쿠르트와Daniel Lecourtois, 로베르 르 비강
Robert Le Vigan, 피에르 라르키Pierre Larquey 출연. 프랑스, 1933년
작. 귀스타브 플로베르의 소설을 얌전하게—너무나 얌전하게—영화화한
작품. 일러스트레이션에 정성을 들인, 역량이 전혀 느껴지지 않는 작품.

마담 보바리 *Madame Bovary*
드라마. 감독 빈센트 미넬리Vincente Minnelli. 제니퍼 존스Jennifer
Jones, 제임스 메이슨James Mason, 반 헤플린Van Heflin, 루이스 조던
Louis Jourdan 출연. 미국, 1949년 작.

보바리의 광란의 밤 *Les Folles Nuits de la Bovary(Die Nackte Bovary)*
감독 한스 쇼트Hans Schott, 에드비게 페네크Edwige Fenech, 게하르
트 리데Gehrardt Riedemann, 피터 카르스텐Peter Carsten, 독일/이태
리 합작 영화, 1969년 작.

마담 보바리 *Madame Bovary*
귀스타브 플로베르 원작, 클로드 샤브롤Claude Chabrol 각색, 연출. 이자
벨 위페르Isabelle Huppert, 장-프랑스와 발메Jean-François Balmer,
크리스토프 말라브와Christophe Malavoy, 장 얀Jean Yanne, 뤼카 벨보
Lucas Belvaux 출연, 1991년 작.

　　　역자 김계영은 한국외국어대학교 불어불문학과 대학원에서 석사학위를 받았고, 파리 4대학 소르본느에서 디드로에 관한 연구로 문학박사학위를 받았다. 현재 한국외국어대학교 외국문학연구소의 연구교수로 재직 중이며 다수의 논문을 썼다. 역서로 피귀르 미틱 총서 〈앨리스〉 등이 있다.

　　　역자 고광식은 한국외국어대학교 불어과 대학원에서 석사학위를, 1998년 파리 8대학에서 〈불어와 한국어의 비교 관점에서 본 한정화 전략〉으로 언어학 박사학위를 받았다. 현재 외국어대학교와 강남대에서 강의하고 있으며 다수의 논문을 썼다. 역서로 피귀르 미틱 총서 〈카인〉 등이 있다.

보바리

초판 1쇄 인쇄일 | 2005년 1월 20일
초판 1쇄 발행일 | 2005년 1월 25일

책임편집 | 알랭 뷔진느
옮긴이 | 김계영 · 고광식
펴낸이 | 김현주
펴낸곳 | 이룸
표지 디자인 | 민진기

출판등록 | 1997년 10월 30일 제10-1502호
주소 | 121-210 서울시 마포구 서교동 395-172 상록빌딩 2층
전화 | 편집부 (02)324-2347, 영업부 (02)2648-7224
팩스 | 편집부 (02)324-2348, 영업부 (02)6737-7696
e-mail | erum9@hanmail.net

ISBN 89-5707-032-X (04860)
　　　89-5707-019-2 (set)

값 12,000원